CANCÚN

MIGUEL DEL CASTILLO

Cancún

COMPANHIA DAS LETRAS

Grafia atualizada segundo o Acordo Ortográfico da Língua Portuguesa de 1990, que entrou em vigor no Brasil em 2009.

Capa
GNN+TRR/ Gabriela Gennari e Thiago Rocha Ribeiro

Foto de capa
Vincent Catala/ VU

Preparação
Julia Passos

Revisão
Thaís Totino Richter
Huendel Viana

Dados Internacionais de Catalogação na Publicação (CIP)
(Câmara Brasileira do Livro, SP, Brasil)

Castillo, Miguel Del
Cancún / Miguel Del Castillo — 1ª ed. — São Paulo : Companhia das Letras, 2019.

ISBN 978-85-359-3242-3

1. Ficção brasileira I. Título.

18-26662 CDD-B869.3

Índice para catálogo sistemático:
1. Ficção : Literatura brasileira B869.3

Iolanda Rodrigues Biode — Bibliotecária — CRB-8/10014

[2019]
Todos os direitos desta edição reservados à
EDITORA SCHWARCZ S.A.
Rua Bandeira Paulista, 702, cj. 32
04532-002 — São Paulo — SP
Telefone: (11) 3707-3500
www.companhiadasletras.com.br
www.blogdacompanhia.com.br
facebook.com/companhiadasletras
instagram.com/companhiadasletras
twitter.com/cialetras

Para Carol, Gabriel e Pedro

Todo ser humano é um resultado de pai e mãe. Pode-se não reconhecê-los, não amá-los, pode-se duvidar deles. Mas eles aí estão: seu rosto, suas atitudes, suas maneiras e manias, suas ilusões e esperanças, a forma de suas mãos e de seus dedos do pé, a cor dos olhos e dos cabelos, seu modo de falar, suas ideias, provavelmente a idade de sua morte, tudo isso passou para nós.

J.M.G. Le Clézio, O *africano*

1.

Está com a persiana da janela do avião aberta. O sol entra, horizontal, e os passageiros a seu lado pedem que feche. Joel se pergunta a quem pertence o direito de abrir e fechar aquilo, e conclui que a regra deveria ser semelhante à do ar-condicionado na sala de aula: quem está perto da tomada decide se liga ou desliga, e agora é ele que está mais próximo da janela. Fecha mesmo assim, sem protestar. Minutos mais tarde, repara que a luz que sai de outras janelas está alaranjada, quase vermelha. Abre a sua persiana até a metade e contempla por um instante o pôr do sol. Baixa novamente, deixando sobrar uma fresta por onde um pouco da luz laranja penetra e marca o nariz da pessoa a seu lado, que dorme, e a bochecha do passageiro na outra ponta.

Fica de joelhos no assento para procurar o pai, algumas fileiras atrás. Não deu para sentarem juntos, o que é normal, ficou sabendo agora, quando se compra passagens em cima da hora. Avista-o dormindo, de boca aberta, o cabelo amassado contra o pequeno travesseiro branco. Vira de volta e olha para o papel da bala de caramelo que recebeu ao embarcar. Não entende como alguém consegue mantê-las na boca sem mastigar, quando a graça é justamente mordê-las e sentir a goma entre os dentes — só muito tempo depois aquilo vai sair por completo.

Após o desembarque, o pai pergunta se ele toparia comer um Big Bob "só no molho". É assim que pedem, sempre que o pai vem ao Brasil: o sanduíche puro, sem o que ambos consideram desnecessário, isto é, alface e cebola; só pão, carne, queijo e molho. Talvez ele já soubesse que havia um Bob's dentro do aeroporto e que passariam por ali ao se dirigir para o ponto de táxi.

Joel morde com vontade o hambúrguer e devora rápido as batatas fritas, intercalando com goles de Fanta laranja. O pai está com um aspecto cansado.

— Conseguiu dormir no voo? Eu capotei no meio, mas não durou muito — diz.

— Acho que sim, um pouco — Joel responde.

— Vou te levar direto pra casa da sua mãe, tá? Ela deve estar com saudade.

Ficam em silêncio por todo o longo trajeto do aeroporto do Galeão até a Barra da Tijuca. Joel pensa em como será a vida agora que o pai está de volta ao Brasil, e por quanto tempo ficará aqui. O táxi azul entra no condomínio e para na entrada do prédio de Joel. Ele sobe apressado as escadas, e antes de atravessar a porta de vidro se despede mais uma vez do pai, que ficou dentro do carro e baixa sua janela para acenar. A mãe está sentada num sofá da portaria, esperando talvez há algum tempo. Dá um abraço nela, rejeita sua oferta de ajuda com a mala e acena para o porteiro. No elevador, ela pergunta o que são os arranhões que viu no rosto do pai. Joel diz que não sabe, mas que estava feliz por ele ter voltado, assim não precisaria mais ir todo ano a Cancún.

— Se bem que ele disse que é temporário — emenda. — Pode voltar depois… Não sei por quê, já passou tanto tempo lá.

— Mais de quatro anos.

— Acho que já vi tudo o que tinha pra ver. Tem aquelas pirâmides de pedra, e os passeios de mergulho, que eu não posso fazer porque ainda não tenho idade.

— Mas você não sabe mesmo o motivo daquele machucado?

— Não. Tem um roxo na perna dele também, igual àquele de quando eu caí da escada, lembra?

— Ficou feio daquela vez.

— Ele tinha sumido, aí fui com o Juan pra casa dele, e no meio da noite ele apareceu e me levou de volta pro hotel.

— Quem é Juan?

— Um amigo dele de lá. A mulher do Juan ficou comigo enquanto ele foi procurar meu pai.

A mãe parece curiosa e ao mesmo tempo inquieta. Pergunta se Joel quer um queijo-quente ou um suco, mas ele diz que já comeram e que está cansado.

No quarto, olha a vista que se tornou tão familiar, agora que estão há quatro anos naquele apartamento: o estacionamento do Carrefour vazio do outro lado da avenida das Américas, o letreiro iluminado refletido no asfalto do chão. A cortina é fina e as luzes vermelha e azul do logo do hipermercado nunca permitem que o quarto fique totalmente escuro. Na cama, pensa na volta às aulas, dali a duas semanas, nos outros meninos do condomínio com quem teria de esbarrar de novo, e se a mãe iria levá-lo à igreja no dia seguinte, um domingo. Pensa também em seu aniversário — doze anos em pouco mais de um mês, precisa decidir o que vai fazer para comemorar.

A mãe ainda está dormindo quando ele levanta da cama. A igreja fica em Botafogo, do outro lado da cidade. Calcula, pela hora, que ficariam em casa.

— Acorda — diz, ao pé do ouvido dela.

A mãe não esboça reação. Joel vai até a cozinha, coloca um pão na torradeira. Pega a caixa de leite e derrama uma quantidade enorme ao tentar servir no copo. Um colega de sala falou um dia que aquele efeito incontrolável do leite parecia uma ejaculação precoce, mas ele não sabia, na época, o que isso queria dizer.

Liga a tevê e assiste a um pouco de *Cavaleiros do Zodíaco*. Naquela saga, os heróis estavam lutando contra os cavaleiros de Odin. Marcelo, um dos seus melhores amigos da escola, diz que é o Shiryu de Dragão; ele se contenta em ser o Hyoga de Cisne, que não é o melhor, mas tem poderes interessantes. Nunca escolhem ser o personagem principal dos desenhos e seriados que acompanham: dos Power Rangers, que eles nem veem mais, Joel tinha ficado com o azul, Tricerátops, o mais metódico e inteligente; já o amigo escolhera o preto, Mastodonte, um que ninguém geralmente toma para si, mas que, analisando com mais atenção, tem um desempenho excelente nas lutas e o *zord* mais bacana.

A seguir, coloca a fita de *007 contra GoldenEye*, que jogara com o pai alguns dias antes em Cancún, e liga o videogame. Mas as missões solo o deixam com medo ou tédio, que parecem ser a mesma coisa às vezes, então tira o jogo e põe *Mario Kart 64*. A mãe aparece na sala e diz que vai servir o café da manhã. Ele toma um susto, estava concentrado, acaba caindo com o kart numa ribanceira de terra e fica em último na corrida.

À mesa, a mãe volta a perguntar sobre os machucados do pai.

— Não sei direito. Uma hora ouvi o Juan falando algo sobre sequestro, eu acho. Mas pode ter sido outra coisa que ele falou, era em espanhol.

— Sequestro?! Joel, isso é sério! Você sabe o que significa? Capturam a pessoa e exigem dinheiro ou alguma outra coisa em troca.

— Hum.

— Hum, filho?! Acho que você ainda não entendeu a gravidade.

— Tá, mas já está tudo bem.

— Não está nada bem. E esse Juan é o quê, um guarda-costas?

— Guarda-costas são tipo aqueles caras que protegem os presidentes? Meu pai me disse que era um amigo dele.

— Pelo visto, do jeito que a coisa anda, ele deve estar precisando de um segurança mesmo.

A imagem do pai em poder de diversos bandidos coloca seu cérebro em inércia. Não consegue mais sair desse pensamento: o pai cercado, sendo esmurrado, ou cortado com uma faca, como nos filmes. Mas por que fariam aquilo? Faz menção de perguntar à mãe, mas desiste.

Ela não comenta mais nada e vai tirando a mesa. No caminho da cozinha, deixa cair talheres e quase quebra uma taça na pia. De volta e já menos agitada, diz que poderiam ir à praia, se ele quisesse, era só pegar a balsa, mas ele prefere ficar em casa.

Joel percorre a sala com os olhos e pondera quantas e quantas tardes depois do colégio ficara ali, vendo tevê, jogando, lendo. Nunca desce, não tem amigos no prédio. Isso porque, logo que se mudaram, a mãe o matriculou na aula de futebol do próprio condomínio. No primeiro treino, errou um lance de maneira ridícula e todos os garotos do time riram dele. "Pereba!", "Vaza, retardado!", ele ainda ouve às vezes em sua mente. Foi embora no meio do jogo, sem se despedir, os olhos cheios de lágrimas, e desde então tenta evitar situações em que possa encontrá-los. Não desce para a área comum, quase não vai à piscina, outros esportes ali de jeito nenhum — mesmo o tênis, que é oferecido no condomínio, ele prefere fazer numa academia próxima.

É um domingo de Carnaval. Não que tenham alguma programação específica: a mãe detesta tanto os blocos de rua como os desfiles da Sapucaí, e ele nunca se interessou também; além do mais, odeia grandes aglomerações.

Joel cochila após o almoço, e quando acorda encontra a mãe na sala. Está apreensiva, os olhos grudados na tevê. Aproxima-se para ver e aos poucos começa a entender o que acontecia. Um prédio, que no noticiário todos chamam pelo nome, Palace II, ou parte dele, desabou. Há oito pessoas desaparecidas. O dono da construtora está sumido ou fugiu. A reportagem segue e passa à entrevista com alguns moradores. Um deles chora. Outro diz que tinha ganhado seu dinheiro honestamente, guardado com cuidado para investir no apartamento, e tinha perdido tudo. Um menino, que deve ser um pouco mais velho que Joel, fala que ainda tem esperanças de que encontrem o pai, a madrasta, o meio-irmão e a irmã mais nova debaixo dos escombros. A outra metade do prédio permanece de pé, mas está muito instável.

— Esse prédio fica aqui pertinho de casa — a mãe diz. — Cinco minutos de carro, sem trânsito.

Tenta se lembrar daquele edifício, agora desfigurado, como uma boca aberta da qual metade dos dentes foi arrancada. Os vergalhões expostos, as lajes penduradas. Força a memória, mas nada lhe vem. É mais um prédio qualquer. Se fosse, por exemplo, uma daquelas torres circulares da avenida das Américas, ou um daquele condomínio dos vidros pretos, já quase no Recreio, ele teria reconhecido na hora.

Faz questão de assistir com a mãe ao telejornal local nos dias seguintes. A construtora sugere que é possível que um morador estivesse fazendo uma reforma irregular em sua unidade e causado, assim, o desmoronamento. Alguém diz que isso é absurdo. Joel não sabe em quem acreditar: ao ouvir argumentos opostos numa discussão, fica sempre muito confuso. Ora acredita num, ora noutro, e desta vez não é diferente.

Um senso de tragédia começa a dominar sua maneira de ver o mundo. Tudo, de repente, é passível de vir abaixo: quem garante que seu prédio não será o próximo a desmoronar? Sua escola estaria a salvo? Menciona algo para a mãe, que percebe sua preocupação e diz que o prédio em que moram é de outra década, anterior, quando ainda construíam as coisas direito.

Por curiosidade ou apenas para dar mais concretude à notícia, a mãe resolve ir com ele até o local do desabamento. Chegando lá, já no fim da tarde, constatam que há uma aglomeração de curiosos, provavelmente moradores das redondezas que queriam ver o ocorrido com os próprios olhos, conformando uma espécie de turismo mórbido. Há muitos que, como sua mãe, levam junto os filhos.

Menos de uma semana depois, a implosão. Acompanham tudo pela tevê. Moradores dos prédios ao lado precisam sair dos apartamentos, deixando fechados janelas e registros de água e gás. Da varanda conseguem ver um pedaço da nuvem de pó formada na sequência do acionamento dos explosivos. No fim da tarde, a nuvem chega ao apartamento deles, embora de modo mais sutil: só há muito mais poeira que o normal em cima dos móveis e eletrodomésticos, ou pelo menos é o que diz a empregada, Romilda, ao se despedir.

É dia de visita ao pai, e também a primeira vez que o encontrará após seu regresso. Não que haja um dia fixo — talvez houvesse antes de ele se mudar para Cancún, mas isso faz tempo; esta é uma situação nova, e, caso o pai resolva ficar no Brasil por mais tempo, terão de definir tudo melhor. Por ora, vão no improviso.

O senso de tragédia iminente segue conquistando áreas de sua mente. No caminho para o encontro, pensa no pai em poder de bandidos, em algum quarto sujo de Cancún. Isso não era algo que podia acontecer a qualquer momento? Outro familiar, um amigo ou mesmo ele não poderia ser sequestrado, sem mais nem menos? E não eram altas também as chances de algo dar errado e o sequestrador resolver matá-lo?

O pai está morando num apart-hotel na praia da Barra, entre o Pepê e o Quebra-Mar. Nada tão luxuoso quanto o hotel onde, pelo que Joel tinha entendido, o pai morava em Cancún. Já no apartamento, repara como tudo é branco: o piso, os lençóis da cama, o pequeno sofá encostado na parede perpendicular à porta. Fica fascinado com a tevê que gira para os dois lados, e pode ser vista tanto do quarto como da sala. O pai mostra o videogame que comprou para ele ter ali. Joel agradece, porém no fundo se frustra — é um PlayStation, ele está acostumado aos consoles da Nintendo e, pensa com gravidade, não sabe se conseguirá se adaptar.

— Vamos comer um ravióli de novo, igual lá em Cancún? — o pai pergunta.

Joel assente enquanto vê os dois jogos que vieram junto, piratas, já que estavam em caixinhas de CD rasas com encartes desbotados. *Diablo* e *Winning Eleven*. Os raviólis, pedidos pelo serviço de quarto, chegam numa marmita de alumínio circular. Uma vez viu alguém fechando uma embalagem como essa e ficou muito impressionado com a destreza e a rapidez da pessoa, mas sobretudo com a engenhoca utilizada na operação. Abrem-na, puxando pelas bordas, e servem o ravióli quatro queijos nos pratos brancos que o pai demora a encontrar — ainda não deve ter se acostumado direito à disposição das coisas no novo lar, Joel especula.

À noite, deitado ao lado do pai na única cama do apartamento, não consegue pegar no sono. Levanta, vai até a porta checar se está mesmo trancada. Olha demoradamente pela janela: dali, é possível ver um pouco das luzes brancas do calçadão, vazio àquela hora. O pai acorda para fazer xixi e se junta a ele. Os dois ficam lado a lado na janela por um tempo, até que o pai interrompe o silêncio:

— Algum problema, filho?

— Não, nada.

— O que está fazendo aqui, então, de pé a essa hora?

— Não consegui dormir ainda.

Joel até considera explicar ao pai o medo que estava sentindo, mas desiste. Para ele, a possibilidade de alguém arrombar a porta, invadir o apartamento e levar os dois cativos tomava grandes proporções. A partir disso, imagina diversos cenários: será que, se desse um jeito de fazer um sinal para a recepcionista do apart-hotel ou para algum transeunte na rua, conseguiria salvar a si mesmo e ao pai? O criminoso exigiria que entrassem com ele no carro do pai e dirigissem até determinado local? Nesse caso, numa ação combinada, poderiam tomar a arma do assaltante em algum momento de distração? Mas e se o assaltante voltasse, ou, de dentro da cadeia, mandasse alguém atrás deles para se vingar? Talvez fosse melhor cooperar desde o início, deixando-se levar, assim pelo menos perderiam bens materiais, mas tinham mais chances de preservar a vida e poderiam viver mais tranquilos depois, sem temer uma possível retaliação. Todas essas combinações de fatores o deixam atordoado.

O pai volta ao quarto e em alguns minutos já está roncando. Joel resolve ligar o videogame para tentar se distrair. A capa de *Diablo* é assustadora, ainda mais a essa hora da madrugada. Coloca *Winning Eleven*, mas demora para se acostumar aos controles diferentes do *Fifa 64*, irrita-se e desliga o PlayStation. De volta à cama, tenta relembrar outros momentos da última viagem a

Cancún. Evoca as idas à praia com Juan, a história que ele contou sobre uma cidade projetada e construída erroneamente com dimensões enormes, onde as ruas eram larguíssimas e os quarteirões gigantescos, lembra da visita à pirâmide de Chichén Itzá, dos mergulhos na piscina em forma de diamante do hotel — mas a sequência de eventos do que agora pensa ter sido um sequestro se sobrepõe a todos esses episódios, tão logo começa a pensar neles. Foi só depois de conversar com a mãe que atinou com o que deve ter acontecido ao pai, com o significado daquela palavra. E, ainda assim, a lembrança vem embolada: Juan interrompendo seu banho e dizendo para se apressar, o telefonema que ouviu, a estadia na casa dele com sua esposa, a novela a que assistiu com ela, o cochilo no sofá, o pai chegando todo machucado para buscá-lo de táxi, no meio da madrugada.

As aulas recomeçam, mas a sensação de que algo ruim pode acontecer a qualquer momento não o abandona, mesmo que a ida para a escola seja de ônibus do condomínio e a volta com o motorista contratado pelo pai. No primeiro dia, acha estranho que ninguém comente sobre a queda do Palace II. Concentra-se então no reencontro com os melhores amigos, Marcelo e Danilo, conversa sobre as férias e busca se aperfeiçoar na arte de evitar zombarias — evitar os que mexem com ele e evitar se expor a situações que levem a isso. Ultimamente fica quase inerte na sala, não pergunta nada, só responde quando o professor fala direto com ele, e no recreio anda sempre junto com os dois amigos.

A quinta série, no ano anterior, tinha sido difícil. Era uma mudança e tanto passar a ter um professor para cada matéria, todo mundo sentiu. Só ele e mais três colegas não ficaram de recuperação. Este ano, a coisa prometia ser mais tranquila, pois já estava acostumado ao novo modelo.

A escola é um casarão antigo, branco com detalhes em madeira, com um pátio cimentado na frente e uma quadra num terreno ao lado, anexado uns anos atrás. Atravessa a alameda que dá na saída e fica contente ao avistar Anderson, o motorista, que o esperava no portão. Não o via desde dezembro.

Joel tem a impressão de que Anderson não é apenas seu motorista, faz alguma outra coisa para o pai, mas não sabe ao certo o quê. Sempre tem de ir a bancos e realizar entregas aqui e ali, mas nunca com ele no carro. Imagina que foi Anderson quem comprou o PlayStation e aqueles dois jogos; duvida muito que tenha sido o pai, que nunca tem tempo para esse tipo de coisa e com certeza não compraria jogos pirateados. Anderson é esperto, "tem as manhas", como se diz.

— Foi bom o primeiro dia de aula? — o motorista pergunta, enquanto espera o sinal abrir para fazer o retorno na avenida das Américas.

— Normal.

— O Danilo e o Marcelo foram?

— Aham.

— Maneiro. E está feliz que teu pai voltou?

— Acho que sim.

— Pô, ele estava lá no México fazia tempo já. Te deixo na garagem mesmo?

— Aham.

Anderson faz um sinal para o porteiro, desenhando com o indicador uma rotatória no ar, querendo dizer que vai apenas fazer a volta dentro da garagem e sair logo. O porteiro acena de volta: entendeu a mensagem. Esse momento é tenso para Joel, sempre se pergunta se o porteiro da garagem vai entender o sinal ou se questionará o motivo de entrarem por ali. Seria muito mais fácil desembarcar no térreo, mas ele prefere passar por isso a ter de cruzar com os garotos do prédio, que sempre estão à toa na entrada social.

* * *

Joel olha fixamente a paisagem pela tela mosquiteiro da janela do quarto. Enxerga tudo quadriculado, e pensa que é como se o mundo tivesse infinitas divisões nesse formato. É fim de tarde, o letreiro do Carrefour acaba de ser aceso. Ao lado, vê as obras do futuro New York City Center, um novo shopping que seria inaugurado em breve, com cinema, restaurantes e uma Estátua da Liberdade na frente, cuja forma já se adivinha por trás da lona translúcida. Por coincidência, a mãe entra no quarto e pergunta se ele não quer dar uma volta no BarraShopping, vizinho do New York, pois ela precisa trocar um presente que ganhou de aniversário antes que o prazo expire.

É o shopping que mais frequenta. Já perdeu a conta de quantos aniversários de amigos da escola aconteceram ali, sobretudo no boliche. Ele em geral se divertia bastante. Era lá que ficava, também, o rinque de patinação no gelo. Joel até que sabia andar bem, mas gostava mesmo era de ver as pessoas mais "profissionais" deslizando de costas, saltando. Imaginava-se no lugar delas; se tivesse tal habilidade, seria muito admirado. Às vezes, à noite, as luzes principais eram desligadas e a pista de patinação se transformava em pista de dança, com luzes coloridas, globo estroboscópico e tudo.

Vão até a loja de moda feminina e Joel espera sentado numa cadeira em frente ao provador, bufando e balançando a perna. A mãe pede sua opinião sobre o vestido, ele responde que está bom. Fala baixo, para ninguém na loja ouvir e perceber o ridículo, a seu ver, da situação — uma mãe que pergunta ao marmanjo do filho se a roupa que experimentou está bonita. Depois vão ao McDonald's, prêmio de consolação pela espera tediosa a que fora submetido. Faz dois anos que parou de pedir o McLanche Feliz: um dia, foi à lanchonete com o primo, que pediu a promoção do Quarterão; Joel resolveu experimentar e desde então decidiu que aquele seria seu sanduíche. A mãe vai de McChicken.

— Só você gosta desse, mãe — ele brinca.

Ela ri e provoca:

— Falou quem até pouco tempo atrás só comia nuggets e batata frita. Isso aqui é um nugget de adulto, basicamente, com um molho que eu gosto.

Jogam fora as caixas, os guardanapos e os copos usados, e puxam de volta da boca do lixo a bandeja vazia. Na praça de alimentação, muitos que trabalham no shopping estão jantando. Os dois caminham até o lugar onde o carro está estacionado, na outra ponta do centro comercial. As lojas já estão fechadas, são mais de dez da noite. Passam por eles funcionárias da limpeza de patins, casais apressados para pegar a última sessão do cinema e alguns sujeitos com camisetas cheias de manchas de tinta, que colocam um plástico no chão e entram numa loja vazia. Essa vida oculta do shopping o fascina, talvez por sentir que está testemunhando algo secreto, que o público geral não deveria ver: as mudanças de lojas, a manutenção e as obras necessárias, o horário de jantar dos funcionários — pessoas que têm de ir lá todo dia pois é seu trabalho.

No segundo dia de aula, durante o recreio, boa parte da turma brinca de pique-pega no pátio, enquanto o restante troca figurinhas do álbum da Copa de 1998. Como está com poucas repetidas, entra na outra brincadeira, mesmo que o leve sobrepeso o tenha convencido de que é um péssimo corredor. É mais alto que a maioria dos amigos, mas não se vê assim: sente-se pequeno, deslocado.

Em determinado momento, alguém sugere que fiquem escondidos atrás de uma passagem e ponham o pé para os outros colegas caírem no chão. Joel vai na onda e derruba uma menina — não chega a ver quem, pois logo sai correndo na direção oposta, sem olhar para trás.

Algumas horas mais tarde, durante a aula de história do Brasil, ele e mais dois colegas são chamados à direção. É algo inédito para Joel; nunca foi convocado assim. As pernas fraquejam quando levanta da carteira.

A diretora diz que sabe o que os três estavam aprontando durante o pique-pega. E que a Olívia precisou ser levada para o hospital:

— Ela está fazendo um raio X. Isso é pra vocês verem que as barbaridades que vocês fazem têm consequências.

Joel recebe uma advertência, os outros dois, uma suspensão, porque já tinham uma advertência anterior. Ele volta à sala de aula e senta em sua cadeira. Está aterrorizado. Tem quase certeza de que fora ele a derrubar a Olívia. Ou melhor, tem certeza, o cabelo loiro dela é único, mas algo dentro de Joel tenta convencê-lo do contrário, para se isentar da culpa por aquilo, pesada demais para suportar. Nunca, nunca se envolve em brincadeiras desse tipo, de machucar ou de rir dos outros. A única vez que resolve fazê-lo, termina mandando uma menina para o hospital.

Passa o restante do dia quieto, responde monossilábico e com voz trêmula a tudo que Anderson, Romilda e a mãe perguntam. Aquele senso de tragédia iminente volta com força, e ainda pior: não só algo de ruim poderia acontecer a ele sem aviso, como qualquer ação sua, por mais impensada que fosse, poderia ter consequências terríveis na vida de outras pessoas. E se tivesse escolhido trocar figurinhas em vez de participar do pique-pega? A ideia de que pode fazer escolhas erradas também o assusta. Nunca havia pensado nisso, ou pelo menos não dessa forma.

Encolhe-se de tarde na cama, mas não dorme. A pele arde, como se estivesse com febre. Põe a mão no pescoço e sente a palpitação forte do coração bombeando sangue, como aprendera no ano anterior na aula de biologia.

Decide que não irá à aula amanhã. Porém, como não conta nada do ocorrido para a mãe, ela não lhe permite faltar.

Atravessa o portão de entrada encarando o chão. Sente inúmeros olhares de reprovação dirigidos a ele, é como se passasse por um corredor polonês invisível até chegar à sua carteira. Tenta se concentrar na aula de geometria, mas está muito nervoso para especular sobre círculos concêntricos. Esquadrinha a sala com os olhos: Olívia não veio. A pele volta a arder. Terá acontecido algo grave com ela?

No recreio, um menino da oitava série o aborda subitamente. Empurra-o com força contra a parede e o mantém ali, segurando firme seu peito com a mão.

— O que você fez com a Olívia, rapá?

Tenta dizer que nada, que foi sem querer, mas o que sai de sua boca são palavras emboladas e incompreensíveis. O menino o derruba, dá um chute em sua canela e vai embora.

Joel passa o restante do recreio num canto, à espera do sinal. Nem Marcelo nem Danilo vêm falar com ele.

Também não consegue prestar atenção na aula de gramática. Sempre foi um aluno exemplar, era algo que dava segurança a ele. As notas baixas do início do ano anterior tinham sido um baque grande, mesmo que depois tenha se recuperado rápido. Receia nunca mais conseguir se concentrar nas aulas e voltar a ter o boletim todo vermelho. Se alguém da oitava série estava sabendo do ocorrido, era provável que o resto da escola estivesse a par também.

* * *

No dia seguinte, avista Olívia na entrada, o braço engessado até o ombro, conversando animada com alguém. Talvez tenha quebrado um osso, pondera. Sente um remorso imenso, seu olhar cruza com o dela mas ele logo desvia. No recreio, Marcelo e Danilo ficam por perto. Dizem que parece estar tudo tranquilo, que ele não precisa se preocupar.

Em sua imaginação, fabrica a cena em que vai até Olívia pedir desculpas. Sempre a achou muito bonita, aliás. Ela responde, com um tapinha amigável em suas costas, que está tudo bem, essas coisas acontecem. Mas não faz nada disso, o máximo que consegue é acenar para ela na saída, só que ela não o vê. Ou teria fingido que não viu?

As semanas passam e o dia de seu aniversário se aproxima, já é no próximo sábado. Conseguiu falar com Olívia, muito sem graça, e a resposta dela foi positiva, embora, por causa do pavor que sentia no momento, Joel nem se lembre exatamente do que ela disse. Ainda assim, aquilo o deixou mais tranquilo. Aos poucos, o terror diário de ir à escola achando que algum menino mais velho bateria nele foi diminuindo.

Agora, entretanto, presta excessiva atenção a tudo que faz: pensa em todas as possíveis consequências de suas ações. Evita se envolver em brincadeiras físicas. Jogar uma casca de banana na lixeira é imprescindível, não por uma questão de limpeza, mas para evitar que a casca no chão provoque a queda de alguém, e a culpa seja imputada a ele. Sua cabeça trabalha a mil, calculando todas essas pequenas implicações, esses infinitesimais desdobramentos de ações corriqueiras, que em outros tempos executaria sem hesitar.

A mãe pergunta o que vai querer fazer no aniversário, se quer uma festa, aproveitando que o pai está no Brasil. Diz que não, quem sabe podiam só ir com Danilo e Marcelo ao boliche.

— Você e meu pai também, se ele puder.

— Claro que ele vai poder.

Não sabe quanto tempo faz desde a última vez que viu os pais juntos. Os três estão sentados num banco, esperando Marcelo e Danilo, que chegam ao mesmo tempo. Pedem uma pista só, para os cinco é suficiente. O pai diz que não vai jogar, mas Joel insiste e ele enfim aceita. Tênis de boliche para todos, então.

O garçom vem e anota os pedidos. O pai pede um chope — Joel repara no olhar de reprovação da mãe — e os demais querem refrigerantes e uma porção de pastel.

Começam a partida com a canaleta abaixada, para aumentar a dificuldade. Na segunda jogada de Joel, a bola prende em seu dedo e faz uma longa curva no ar antes de bater com força na pista. A ideia de que a bola poderia ter ido para trás e machucado alguém o deixa inseguro. Passa então a escolher bolas com furos enormes, muito mais largos que seus dedos, o que inclusive dificulta a jogada. Acaba errando bastante e perde a primeira para Marcelo, que, como Joel já sabia, é muito bom no boliche.

Jogam mais duas partidas, o pai leva a sério a segunda e ganha. Na terceira não joga, e Marcelo sai novamente com a vitória. Uns anos atrás, Joel talvez se importasse com as derrotas seguidas, mas termina contente — na verdade, mais aliviado que contente: as coisas correram bem, ninguém se feriu e todos aproveitaram o jogo, apesar dos protestos e do leve mau humor de Danilo.

Haviam planejado um jantar no Outback na sequência. Desde que inaugurou, no ano anterior, virou seu lugar favorito para comer. Mas o pai diz que tem uma reunião importante e não poderá ir. Agacha para se despedir do filho, que não esconde a frustração, mas ainda assim dá um abraço e um beijo nele. A barba por fazer espeta Joel, que solta um "ai" sussurrado.

A mãe leva os três de carro. O restaurante é uma casa de madeira branca com telhado verde, imitando talvez um estilo australiano, no meio da avenida das Américas. Após uma espera de quarenta minutos, conseguem enfim uma mesa na varanda. É uma noite agradável de fim de verão carioca, como Joel gosta: pode ficar de camiseta mesmo nesse horário, sem precisar de casaco. Pedem uma batata com queijo e bacon e uma cebola empanada. De sobremesa, dois brownies com sorvete. Os garçons do restaurante chegam todos juntos, fazem o maior estardalhaço para cantar parabéns, mas Joel não se importa.

Em casa, a mãe dá os presentes que comprou para ele. Abre o primeiro já imaginando o que é: um *rumble pack*, acessório no qual estava de olho há tempos, usado para fazer o controle do Nintendo 64 vibrar. O segundo é uma camisa polo.

No domingo, percebe a mãe irritada na mesa do café.

— Seu pai mandou uma mensagem ontem, Joel, você já tinha dormido. Quer te levar pra almoçar, junto com aquela secretária dele.

— Hoje?

— É.

— Tudo bem por mim.

— Na ida pra igreja vou te deixar no flat dele, então.

O pai atende a porta ainda de pijama, os olhos semicerrados. São dez da manhã e o apartamento está todo escuro. Põe-se a abrir as cortinas e Joel ajuda.

Espera na sala enquanto o pai toma um banho. Liga a tevê,

que estava num canal de esportes, passando o VT de um amistoso de futebol entre Brasil e Suíça. Pensa que deveria ter trazido seu álbum da Copa, para não ter de esperar até a noite para colar figurinhas, caso ganhasse algumas.

O pai volta com a toalha amarrada na cintura e diz, ainda no corredor:

— Aqui embaixo, no prédio mesmo, tem um restaurante italiano. Vamos comer lá?

— Aham, pode ser.

Veem um pouco mais da partida e quando descem, perto do meio-dia, Sônia já está à espera deles no térreo. Dá um abraço apertado em Joel, que o deixa constrangido. Não a vê há muito tempo. Segue baixinha, atarracada, mas o cabelo está pintado de vermelho-escuro.

— Como você está grande, rapaz! Doze anos, é isso? — ela diz, tirando os óculos escuros.

— É.

A secretária entrega um presente para ele e uma sacola com alguns envelopes dentro para o pai. Joel abre e agradece. É um boné do Vasco, largo e com detalhes fluorescentes, que ele provavelmente nunca vai usar. Em seguida, o pai diz que é sua vez de dar o presente. Tira da sacola um embrulho volumoso e o estende ao filho. É uma edição especial do Nintendo 64, em que console e controles vêm na cor dourada.

— Achei que você ia gostar de poder jogar esse aqui também, quando vier.

Joel acha aquilo um exagero, afinal ele já tinha um na casa da mãe, além do PlayStation recém-comprado no flat do pai. Agradece mesmo assim, e deixa a caixa embaixo da cadeira.

Durante o almoço, Sônia fala coisas de trabalho com o pai. Cita o nome de pessoas que ele precisa encontrar, o pai responde que ela poderia marcar a partir de quarta, a qualquer hora.

Ele pede que veja passagens para o Caribe assim que possível, precisava ir até lá resolver umas pendências dos clientes.

— Onde é o Caribe, pai?

— Mais ou menos perto de Cancún. Na verdade, o Caribe é um conjunto de várias ilhas, que são vários países.

— E você vai morar lá?

— Não, não, agora estou aqui. Vou lá rapidinho, uma semana no máximo, e volto.

O pai paga a conta e diz que Sônia o levará para casa. Joel entrega a caixa do videogame ainda fechada para ele, que a leva consigo para cima.

No trajeto de volta, observa as pessoas no calçadão da praia. Andam de bicicleta, correm, tomam água de coco nos quiosques. É o mesmo tipo de gente do qual ele não tira os olhos nas pouquíssimas vezes em que vai à praia com a mãe, geralmente após muita insistência dela: nunca aproveita o mar, não se diverte, fica o tempo todo observando aquelas mulheres inalcançáveis ajeitando seus biquínis e os jovens musculosos jogando frescobol ou brincando de altinha em pequenos círculos, rindo quando a bola cai. Almeja ser assim, queimado de sol, esportista, mas aquilo é como uma utopia. Faz parte do Outro Joel, um rapaz mais ou menos parecido com ele, mas muito melhor, que ele considera ideal.

Chega ao condomínio enjoado, talvez por conta do forte cheiro de cigarro no carro de Sônia. Diz que ela pode deixá-lo na portaria da garagem, despede-se mandando um beijo de longe, abre a porta e se apressa para subir.

2.

Meu pai levanta o braço que, apesar de sem força, segue com uma aparência forte, robusta. Estica-se mas não alcança o botão para chamar a enfermagem. Dormia, ainda não sabe da minha presença no quarto. Foi internado há dois dias no hospital, depois de um AVC repentino, que promete deixar alguma sequela. Está com dor, queria pedir um remédio.

Observo seus cabelos todos brancos, a barba por fazer. Ele me teve relativamente tarde, com quarenta e três anos; a chegada aos setenta e cinco trouxe de presente, algumas semanas mais tarde, esse entupimento vascular.

Comemoramos seu aniversário na churrascaria a que ele sempre gostou de ir, hoje um pouco decadente, como a maioria das churrascarias tradicionais que servem carnes em rodízio e contam com um vasto bufê — que vai de saladas variadas a opções como massas e sushi.

Em seus tempos de glória, a churrascaria, que fica no começo da avenida das Américas, vivia cheia. Carros e mais carros faziam fila para serem realocados pelos manobristas, ocupando toda a área descampada na frente do restaurante. Mas meu pai conhecia todos os garçons e maîtres, que sempre davam um jeito de arrumar uma mesa para nós. Depois de nos sentarmos, chegava a garrafa de uísque que tinha seu nome, junto com o copo baixo e com gelo, do jeito que ele preferia. Logo vinha a cesta de pães e demais entradas, caprichada na quantidade de pastéis de queijo, meu item favorito — o que os garçons também já sabiam de antemão. Por fim, pousava na mesa uma porção de aipim frito, bem sequinho e tostado, acompanhamento indispensável para meu pai.

Essa tradição se consolidou principalmente quando ele voltou de Cancún, eu tinha de onze para doze anos. Havia diversas churrascarias como essa pelo Rio naquela época. Algumas melhores e mais caras, outras mais básicas. Com o passar do tempo, as primeiras encareceram ainda mais para tentar manter o negócio vivo, e as outras ou fecharam ou diversificaram: uma solução comum era criar no andar de cima um restaurante que também servia carnes, mas à la carte; ou então, algo que lembro de ver em mais de um estabelecimento na Barra e no Recreio, abrir na sobreloja um rodízio de pizza — no qual se podia comer, por exemplo, pizza de picanha, de estrogonofe e de coração de galinha.

Para o aniversário, meu pai convidou alguns amigos dos velhos tempos de praia e o filho de sua primeira mulher, vinte anos mais velho que eu, com quem tive pouco contato ao longo da vida. Embora não fosse seu filho de fato, meu pai sempre nutriu grande afeição por ele. Álvaro é médico ortopedista, trabalha no Barra D'Or, e acho que também tem muito carinho por meu pai — pelo menos é a minha impressão, embora me pareça que Álvaro não saiba nada a respeito da vida dele e vice-versa.

Foi num sábado. Hoje em dia comeríamos uma carne muito melhor indo a qualquer um desses restaurantes que servem excelentes cortes argentinos ou uruguaios, muito bem escolhidos e preparados, mas tinha de ser ali. Meu pai não tem mais garrafa com seu nome, frequenta muito menos desde que se aposentou para viver da renda de suas aplicações. Os que servem as mesas são todos novatos, talvez muito mal pagos; antes, era comum importarem garçons e churrasqueiros experientes do Rio Grande do Sul. Nenhum deles conhece mais meu pai, mas ele faz questão de se apresentar, dizer que é cliente da casa há muitos anos, que conhece o dono, que aquele lugar havia sido palco de importantes reuniões que tivera, que muitos políticos e jogadores de futebol costumavam aparecer por ali. Eu morro de vergonha, mas ele acaba por garantir, assim, um atendimento melhor.

Seus amigos mencionaram sua aposentadoria recente e fizeram troça, perguntando se, além de parar de trabalhar, tinha aposentado o pau. Ele riu, mas logo mudou de assunto. É algo que sempre o vi fazer, mesmo quando eu era adolescente e em tese estaria bastante interessado nesse tipo de conversa: ao ouvir algo assim de um amigo, ria discretamente, ficava sem graça e desconversava. Não sei se era a minha presença que o inibia nessas situações; pergunto-me se, caso eu não estivesse por perto, meu pai daria uma gargalhada alta e responderia com outra sacanagem, desencadeando uma torrente de outras mais, ou se ele de fato não gostava desse papo. Se fosse para apostar, eu iria na segunda opção, mas, claro, é possível que, pensando agora, eu esteja errado. Às vezes, ele apontava para mim mulheres bonitas na rua, embora nunca comentasse nada sobre elas: apenas me cutucava e erguia o indicador, como quem diz "olha lá", e era suficiente para eu entender o recado. Fazia isso também enquanto estava namorando alguém, o que, aliás, me deixava confuso.

Todos tomaram uísque, inclusive Álvaro, sentado a meu lado. Preferi pedir um chope. Álvaro nunca se casou nem teve filhos, era um solteirão e, já perto dos cinquenta, mantinha-se em ótima forma. Contou-me de sua última viagem à Espanha com alguns colegas do hospital, destacando a quantidade de mulheres disponíveis em Ibiza, onde passaram três dias antes de ir a Madri, Barcelona e Granada. Ouvi a tudo atento. Todavia, como aprendera com meu pai naquele acordo tácito, não dei a esperada sequência à conversa — não perguntei com quantas ele havia ficado, o que fizera com cada uma, ou no que o sexo com as europeias diferia do com as brasileiras.

Quando me ligaram do hospital para avisar que meu pai estava dando entrada por conta de um AVC, lamentei na hora o fato de ainda não ter dado a ele a notícia. Algumas semanas antes, minha esposa me ligou no meio do expediente com a voz embargada e atropelando as palavras. Disse-me para ir atender no banheiro da redação. Chorando muito, me contou que estava grávida. Tínhamos resolvido tentar, mas em minha cabeça era algo que demoraria meses; pouco tempo se passara desde a decisão. Fiquei sem reação. Tranquilizei ela de forma mecânica, falei que daria tudo certo, que estávamos juntos nessa, mas não chorei, não me emocionei como achei que me emocionaria quando a notícia chegasse, ou como em geral se pinta esse momento na vida de um casal. Fiquei apenas terrivelmente assustado com a ideia de ter gerado uma vida, com a futura responsabilidade, com o fato de que em breve seria pai.

Decidimos esperar antes de contar às pessoas. Primeiro nos acostumaríamos à ideia, em seguida falaríamos para nossos pais e familiares mais chegados e, depois, a partir do terceiro mês, para os amigos e para quem mais quisesse saber, tornando a coisa pública. Por isso, meu pai ainda não sabia de nada. A possibilidade de ele vir a morrer ou ficar num estado de saúde bastante debilitado antes de tomar conhecimento da gravidez me atordoava; não sabia se seria um bom avô, o quanto se interessaria pela vida do neto, mas sei que ficaria feliz.

Tenho um amigo que diz que o mundo é dividido entre entrevistados e entrevistadores. Isto é: pessoas que falam muito de si e cujo interesse nos outros é limitado a aspectos que possam ressoar nelas mesmas, e pessoas que prestam muita atenção na vida alheia, não raro apresentam baixa autoestima ou uma enorme insegurança, mas sabem ouvir muito bem e não esquecem dos detalhes de tudo que lhes é contado. É claro que é possível ser um entrevistado melancólico ou mesmo depressivo, fechado em seus próprios sofrimentos, que parecem maiores que os de todo mundo, bem como ser um entrevistador com uma personalidade exuberante e muito seguro de si, mas não é o mais comum.

Eu certamente sou um entrevistador, porém não saberia definir bem a posição do meu pai nisso. O mais óbvio, pensando em sua relação comigo e com suas ex-mulheres e namoradas, seria dizer que é um entrevistado, já que nunca sabia em que série da escola eu estava, em que ano concluiria a faculdade ou qual é meu cargo no jornal em que trabalho. Nunca me diz se leu ou o que achou das minhas reportagens, que, quando considero boas de verdade, mando para ele por WhatsApp. Seus relacionamentos costumam girar em torno dele, apresenta suas necessidades e vontades como elemento imprescindível, às quais eu ou a companheira da vez devemos atender. Em sua época de maior vigor, ele chegava a decidir o que a mulher iria vestir, vetava saias curtas ou roupas espalhafatosas demais, pedia o prato para ela, escolhia a bebida. O mesmo valia para mim, embora em outro registro: muitas vezes avisava meia hora antes que queria jantar comigo, por exemplo, e todos tínhamos que priorizá-lo, ajustando nossas vidas e cronogramas.

Ao mesmo tempo, sempre falou quase nada sobre si. Sei pouquíssimo a respeito de sua infância, adolescência e vida de jovem adulto. As parcas referências que tenho são todas de sua vida após meu nascimento, sendo que boa parte das histórias ouvi da minha mãe, e não dele. Nunca ficou se gabando de suas aventuras amorosas; por ele soube, no máximo, que quando jovem costumava ter mais de uma namorada ao mesmo tempo. Tem um apanhado de histórias pessoais que repete para as pessoas, como se tivesse selecionado em sua biografia apenas os trechos que considera mais importantes: o primeiro ano da faculdade de contabilidade; a corretora que abriu com um amigo numa época em que tinham pouco ou nenhum dinheiro, e que cresceu graças ao trabalho árduo dos dois; a festa para mais de mil pessoas no casamento com Lúcia, a mãe de Álvaro; a revelação que foi ouvir pela primeira vez os Beatles, dos quais segue fã até hoje; a reunião de que participou e à qual o Collor, que já estava em campanha, compareceu pessoalmente (ele ainda acha injusto o impeachment, pensa que deveriam ter dado a ele mais uma chance); o dia em que conheceu minha mãe — ambos tomavam sol na praia de São Conrado e ela pediu, sem se dar conta do absurdo da situação, um trocado emprestado para comprar um picolé (única história dos dois como casal que ouvi da boca dele). Nunca fala do rompimento com o sócio da corretora, muito menos de qualquer detalhe de seu trabalho posterior como consultor financeiro. Nem da separação de Lúcia ou da minha mãe.

Nas conversas, dedica-se a falar mais sobre seus interesses, como a recente descoberta dos prazeres do vinho. Não fez um curso de sommelier, isso não seria de seu feitio, mas um amigo o levara a uma noite de degustação e ele acabou pegando gosto. Até fez uma viagem a Mendoza, na Argentina, com o único intuito de visitar as vinícolas da região, e toda vez que vou a sua casa abre a garrafa de uma uva diferente. O uísque, que sempre foi sua bebida favorita, fica agora relegado aos encontros com os amigos antigos e a acompanhamento para os jogos do Vasco. Assiste a canais de esporte o dia todo, não importa o que esteja passando, e demonstra saber os nomes e o histórico de todos os futebolistas, tenistas, jogadores de vôlei e de basquete, esquiadores etc. Assistir às Olimpíadas ou à Copa do Mundo a seu lado é ótimo, pois sempre tem material para comentários e análises.

Os médicos entram para avaliá-lo. Já é o terceiro dia após o AVC. Depois me chamam para perto e dizem que, apesar de tudo, ele está bem. Terá uma dificuldade motora de agora em diante, a perna esquerda perdeu bastante força, porém, diante do que poderia ter acontecido, essa limitação é quase uma bênção. Precisará fazer fisioterapia para ir se recuperando e usar uma muleta para caminhar. Além disso, tem de melhorar a alimentação e fazer algum tipo de exercício. A alta será daqui a dois dias, se tudo correr bem.

Meu pai me chama quando os médicos saem. Sento a seu lado na cama e percebo que está emocionado.

— Que bom, né? Que essa coisa não me derrubou de vez. Mas me diz: como esses imbecis esperam que eu faça exercício com a perna assim?

Dou risada, de nervoso e de alívio. Se o conheço bem, não vai mudar em nada a alimentação, nem fazer os exercícios, ainda que a perna volte a ficar cem por cento. Por outro lado, o fato de já vir com uma conversa dessa indica que está se sentindo bem.

— A gente dá um jeito, pai.

— Traz pra mim um sanduíche, um salgado, qualquer coisa.

Já começou a disparar ordens.

— Vou ver, mas acho que você está com restrições alimentares. Talvez seja melhor só comer as coisas que te trouxerem aqui, do hospital mesmo.

Vou até o posto de enfermagem para me informar e retorno.

— É, não pode mesmo.

— E pra que você foi perguntar? Claro que não ia poder.

— Ué, a gente tem que saber.

— Deixa pra lá. Vou falar com o Álvaro e ver se ele arranja algo pra mim.

— Tá bom, espera.

Volto com um pão de queijo, única coisa que tinha sobrado no café do hospital àquela hora da noite e que meu pai come com prazer, em duas bocadas. Essa pressa dele nas refeições sempre me incomodou, dá mordidas seguidas, sem nem ter engolido direito o bocado anterior, quase não mastiga. Sento de novo a seu lado e digo que tenho algo para contar.

— Fala.

— A Ju está grávida, pai. Dois meses. Deve nascer em março, que nem você.

Ele fica surpreso. Não diz parabéns, só um "uau!", e fica processando a notícia. Sinto que quer me falar mais alguma coisa, aquilo realmente o tocou, contudo se retrai, não deixa as palavras saírem. Enfim solta:

— Já fizeram ultrassom? Está tudo bem?

— Sim, por enquanto tudo bem. Mas o exame importante, que chamam de morfológico, é só daqui a três semanas. Aliás, só contei pra minha mãe ontem, e agora pra você. Por favor, não comenta com ninguém.

— Quer dizer que sua mãe soube antes de mim.

Oscilo entre sentir ternura e raiva por sua completa incapacidade de se comunicar, de elogiar ou felicitar alguém, e também por esse ciúme infantil. Quando se digna a dizer algo sobre uma matéria minha, mesmo que seja um elogio, sempre vem acompanhado de um comentário crítico, uma indicação de uma parte que poderia ter sido desenvolvida melhor e, a seguir, uma explicação de como ele teria feito. Falava como se fosse jornalista, ou como se possuísse um conhecimento superior que o creditasse a opinar sobre diversas áreas.

Esse ciúme, que comigo era quase benigno, tomava grandes proporções em suas relações amorosas. Era uma força terrível, patológica, talvez. Desconfiava de tudo, nunca achava que suas companheiras falavam a verdade, pensava que tinham casos amorosos no trabalho, que escondiam coisas — e muitas vezes quem estava escondendo algo era ele.

Por fim teve alta. Como ele não tem mais ninguém, resolvi gastar meu banco de horas para ficar a primeira semana com ele. Estou praticamente morando em sua casa, que fica num condomínio de alto padrão no Recreio dos Bandeirantes. Fazia tempo que não ficávamos tão perto um do outro, e essa proximidade já começa a me incomodar.

Precisa de ajuda para se deslocar de um lugar para outro. Não é gordo, mas bastante corpulento, os ossos pesados. Consegui que iniciasse uma fisioterapia: por ser com uma mulher, e na piscina, ele achou a ideia mais suportável. Não chego a ser um bom cozinheiro como ele, mas tenho me virado preparando alguns pratos, e pedimos muita comida também, sobretudo pizza, à noite. A Ju veio uma vez, jantou conosco. Ela entende minha ausência e tem sido muito solícita, mesmo com os enjoos, que não têm dado trégua.

Em minha utopia, esses dias que passamos juntos em sua velhice possibilitariam certa reaproximação. Imaginei que conversaríamos sobre o passado, em especial a respeito do período que morou em Cancún, em que o vi poucas vezes e que para mim segue sendo o maior buraco em sua biografia. Mas seu vício em assistir a canais de esportes só piorou, e passamos os dias com a tevê ligada, fazendo comentários esporádicos sobre os jogos e os programas que se sucedem à nossa frente.

O envelhecimento parece desencadear nas pessoas duas atitudes opostas em relação à própria história. Há aqueles que se prendem ao passado e rememoram-no constantemente, numa melancolia sem fim; nada do presente importa. E há outros, como meu pai, que ficam como que anestesiados pelo presente, mas não é que estejam curtindo a vida à beça: sobrevivem das migalhas que chegam até eles — programas de televisão, encontros com pessoas para conversar sobre amenidades, a descoberta de um novo produto que se possa comprar, um novo hobby sem sentido. Desse modo, de maneira gradual, vão se esquecendo do que passou. Talvez seja um mecanismo inconsciente de autodefesa contra a angústia, contra a lembrança possivelmente atordoante de períodos mais obscuros da própria vida.

Amanhã volto a trabalhar e por isso hoje é meu último dia aqui. Meu pai está no sofá e me chama para assistirmos à final da Champions League, como havíamos combinado. O Real Madrid enfrenta a Juventus. Quase não vejo futebol, por falta de tempo e por priorizar outras coisas, mas costumo aproveitar quando uma oportunidade se apresenta, ainda mais em jogos importantes assim ou durante a Copa do Mundo. Ambos estamos torcendo pela Juve, por achar bom que haja uma alternância entre campeões e porque somos fãs do veterano Buffon, goleiro da equipe italiana — ainda que as origens portuguesas do meu pai o inclinassem, teoricamente, a torcer pelo time de Cristiano Ronaldo.

Ele presta atenção até nos comerciais de cerveja, de novos modelos de carro e de smartphones. O jogo está fácil para o Real e, quando este faz o quarto gol, aos quarenta e quatro do segundo tempo, meu pai desliga a tevê. Não quis esperar para ver a premiação, nem a reprise dos melhores lances. Quatro a um. A goleada sofrida por nosso herói em comum nos deixa desolados.

Ficamos inertes por um tempo, até que ele se vira e me diz que devíamos ter ido assistir a um jogo assim, algum dia, juntos.

— Podíamos ter feito essa viagem — repete —, quem sabe passar uns dias a mais na cidade-sede da partida, fazendo turismo.

— Sim, seria ótimo, mas ainda podemos fazer isso. Assim que você se recuperar a gente planeja.

Ele arregala os olhos, encarando a tela preta da tevê.

— Você leva teu filho, se for um moleque — diz, e encolhe os ombros.

Levanto, pego o copo dele, tomo o último gole do uísque já aguado pelo gelo e o deixo na pia. Busco minha mala no quarto e dou um beijo na careca dele, única parte de seu corpo visível atrás do sofá.

— Tem certeza de que não precisa de ajuda para deitar? Posso ficar mais.

— Não, vai lá. Ainda vou assistir a alguma coisa aqui. Obrigado.

— De nada. E qualquer coisa me liga.

Fecho a porta da casa e entro no carro. Mesmo que já esteja se deslocando melhor, sem precisar de tanta ajuda, no caminho de volta ligo no viva-voz para Sônia — a secretária que trabalha para ele há mais de vinte anos, e que inclusive tocou a consultoria aqui quando ele morou fora — e combinamos que ela ficaria mais por perto nesse começo, para auxiliá-lo em tudo o que fosse preciso. E além disso há o caseiro, que vem todos os dias e poderia participar mais ativamente da rotina dele, se necessário.

Tenho poucas lembranças da minha infância, a maioria é mediada por fotos e vídeos que meus pais me mostraram, e a partir deles construí um repertório mais ou menos aceitável, para ter algo a dizer se perguntado. Não me lembro, por exemplo, da separação dos meus pais. Eu tinha seis anos, já não era tão novo; não deveria ter ao menos algum sentimento registrado? Minha psicóloga diz que pode ser uma memória reprimida, mas não importa o quanto me esforce e escave, nada me vem.

A lembrança mais antiga que tenho, suponho, é dos meus cinco anos, quando operei as amídalas e minha mãe estava a meu lado no quarto do hospital, antes do procedimento. Ela segurava alguns bonecos dos Comandos em Ação, tentando me distrair, ou, penso hoje, distrair a si mesma, que devia estar nervosíssima. O que aconteceu depois da cirurgia — o sorvete e os cachorros-quentes que comi vorazmente — é o que chamo de memória auxiliada, isto é: alguém me contou que fiz isso, alguém me disse que antes eu não comia nada e que acordei da anestesia faminto. Minha imaginação deve ter se encarregado de fabricar as imagens que guardo do pote de sorvete e dos cachorros-quentes chegando até mim numa bandeja metálica.

A razão da cirurgia foi minha mãe que me contou, quando eu era adolescente, ou talvez só me lembre de ela falar sobre isso nessa idade. Por não comer nada, eu ficava doente o tempo todo, com amidalites, otites, bronquites, gripes e tudo mais, e portanto o médico achou por bem tirar as amídalas. Melhorou, mas não muito, após a operação. Foi quando ingressei no mundo do sobrepeso, para nunca mais sair. Uma lembrança genuína que tenho desse período é de estar com ela numa viagem para a serra, trancado no quarto fazendo nebulização e assistindo tevê. Ver-me seguidas vezes mal de saúde, mesmo que fossem coisas corriqueiras, que toda criança tem, deve ter traumatizado minha mãe, que até hoje tem uma espécie de pavor de doenças. Esse medo inevitavelmente passou para mim e me privou de embarcar em muitas brincadeiras e aventuras com amigos. Eu sempre achava melhor me preservar, não me expor a uma água mais gelada, a um vento frio, ao sereno da noite.

Do meu nascimento até os dez ou onze anos, mais ou menos, o que guardo são flashes como esses. Lembro de jogar videogame com a Romilda e ficar furioso quando ela ganhava de mim em algum jogo, de modo que ela — e essa parte já não sei se é minha memória ou se vem de algo que me contaram — passou a me deixar ganhar sempre. Lembro, como quem lembra de uma sensação mais que de um fato, da preocupação ininterrupta da minha mãe comigo, o que não deixa de ser uma forma, embora não muito saudável, de amor. Do meu pai, o sentimento que conservo é de uma ausência, o que talvez tenha mais a ver com os quatro anos que passou morando em Cancún do que com um descaso declarado dele em relação a mim.

Entre minhas viagens para encontrá-lo, recordo mais vividamente da última, eu já tinha quase doze anos. Havia Juan, que meu pai me apresentou como amigo dele, mas que minha mãe desconfiou que fosse na verdade um guarda-costas, quando contei para ela ao voltar. Relembrando hoje, acho que de fato era. Juan me levou à praia e me contou histórias sobre o México. Mas o que sobressai na minha memória, claro, é o sequestro do meu pai. Fiquei na casa de Juan, num provável bairro pobre de Cancún, desses aonde nenhum turista vai, até que meu pai me buscou de madrugada, todo cheio de arranhões e marcas roxas. É do que me lembro, mas até hoje não sei que diabos aconteceu, por que e por quem ele fora sequestrado, o que fazia no México ou por que precisava de um guarda-costas. Ele nunca menciona o período, e eu tampouco consigo perguntar a respeito.

A partir desse momento e da minha entrada na adolescência, a quantidade de memórias em meu disco rígido é maior, mas não, a meu ver, suficiente — ainda acho que outras pessoas lembram de bem mais coisas do que eu. E, em tais recordações, já existe de partida um cristalino abismo entre mim e meu pai, uma distância que nunca foi revertida, embora tenha diminuído com a minha chegada à idade adulta.

* * *

Sônia me liga, esbaforida. Mal consegue encadear as frases. Diz que meu pai está de novo no hospital, sofreu outro AVC. Ela estava junto e chamou na mesma hora a ambulância.

— Estou aqui na recepção do pronto-socorro, mas ainda não soube de nada.

— Em que hospital, Sônia?

— No Barra D'Or mesmo.

— O.k., estou indo praí.

É sábado. Pego um casaco, já prevendo o ar-condicionado gelado, dou um beijo na Ju e explico por que tenho de sair de repente. Ela quer vir junto, mas digo que não, pois estando grávida é melhor não ir a um hospital e se expor a doenças à toa. Darei notícias.

Encontro Sônia fumando no estacionamento.

— Ninguém falou nada ainda. O Álvaro estava entrando lá pra tentar descobrir algo. Que coisa, não faz nem três meses que teve o outro.

Mando uma mensagem para Álvaro. Ele configurou o WhatsApp para não mostrar se leu ou não uma mensagem, então fico esperando na recepção. Sônia se senta a meu lado. Digo que ela pode voltar para casa se quiser, eu já estou aqui, qualquer novidade me encarregaria de avisá-la. Primeiro insiste em ficar, porém, como está muito abatida, acaba indo.

Meia hora mais tarde, Álvaro chega. Diz que viu minha mensagem, mas ainda estava coletando informações. Desta vez o AVC tinha sido hemorrágico, e tiveram de drenar muito sangue do cérebro. A cirurgia de emergência tinha terminado, meu pai estava em coma, sendo entubado naquele instante.

— E o que a gente pode esperar?

— Cada pessoa reage de um jeito. Mas a coisa não está boa pro lado dele desta vez.

— Tá. Obrigado, Álvaro.

— Preciso voltar pro meu plantão, mas qualquer coisa manda me chamarem, tá? Acho que em breve você vai poder ver ele na UTI.

Vou até a lanchonete, peço um queijo-quente e uma coca. Enquanto espero, mando uma mensagem para a Ju, com um resumo do que estava acontecendo, e avisando que dormiria no hospital. Meu pedido demora mais que o normal, mas não digo nada. Nunca reclamo nessas situações, sempre acho que o garçom ou o funcionário de onde quer que seja vai se voltar contra mim e eu que vou sair perdendo: vão cuspir em minha comida, me atender de má vontade ou algo assim. Do celular, envio um e-mail para meu chefe explicando a situação. Talvez amanhã, segunda-feira, eu não possa ir ao trabalho.

Retorno ao pronto-socorro e a recepcionista diz que estavam me procurando há um tempo. Sinto-me mal por não ter estado ali quando fui chamado, e me dirijo rápido à UTI para vê-lo.

Seu corpanzil está estirado na maca. O rosto está pálido, há tubos saindo do nariz, um cateter conectado à veia do braço, com soro e remédios pingando, além de uma sonda para as necessidades. A primeira coisa que me vem à mente é seu desleixo com a própria saúde. Não se cuidava, não fazia exames, comia o que queria, não caminhava nem fazia qualquer tipo de exercício. No mesmo instante repreendo esse pensamento: ele já tinha setenta e cinco anos, tempos atrás passar dos setenta já era considerado bom, e eu, quando tiver essa idade, também não vou querer me aborrecer e ficar indo a médico atrás de médico.

Considero o prolongamento da vida, e o ramo da medicina que tanto tem lucrado com isso, quase uma maldição. Lembro de como minha avó materna passou seis anos numa sobrevida depois de uma ponte de safena: reagiu mal à cirurgia e por isso tinha enfermeiras o dia todo em casa, se revezando. Não reconhecia mais ninguém, um ou dois anos mais e já não falava, precisava de ajuda para tudo, oxigênio à noite, fisioterapia de manhã. Ai de mim expressar isto em voz alta, mas não era melhor a vida ter se encerrado naquela operação malsucedida, e pronto? Mas não, é preciso gastar todos os recursos imagináveis, tentar novos tratamentos, trocar os remédios. Qualquer sinal de vida que a pessoa esboce, todos em volta se alegram; vejam como ela hoje mexeu o braço, como balbuciou alguma coisa, como os olhos se encheram de lágrimas ao lhe mostrarem seu álbum de casamento.

Pergunto-me a quem cabe decidir uma coisa dessas. É provável que meu pai não tenha deixado nada escrito a respeito — se tiver deixado um testamento mais ou menos organizado, já será lucro. Como filho, eu poderia, então, dizer aos médicos que não queria que prolongassem a vida dele, que não queria vê-lo respirando por aparelhos, que preferia que simplesmente o deixassem ir? Como lidar com a culpa de não ter permitido que a medicina tentasse salvá-lo mais uma vez? O que as pessoas diriam? Pensariam que quis me livrar mais rápido do meu pai, para não ter o trabalho de cuidar dele num estado de saúde mais fragilizado?

Álvaro me cutuca. Eu tinha pegado no sono na cadeira ao lado do meu pai.

— Já deu a hora, os acompanhantes têm que sair. Quer comer algo?

Aceito o convite e sentamos juntos na lanchonete. Peço a mesma coisa de antes. Álvaro vai tomar apenas um café.

— Tua mãe está bem? — pergunto.

— Tá, sim. Aquela coisa, envelhecendo, algumas partes do corpo vão dando defeito. Mas, no geral, bem. E a tua?

— Dentro do possível, bem também. Fico preocupado, ela sente muito medo de tudo. Pega uma gripe e já se desespera. Ouve uma notícia sobre, sei lá, um tiroteio na Rocinha e a Lagoa-Barra, que ficou fechada por umas horas, e já me liga pra saber se estou bem, se consegui voltar do jornal. E fica sozinha, né, nunca casou depois do meu pai, nem teve namorados, que eu saiba. Continua indo à mesma igreja, tem umas amigas lá, isso ajuda.

— Sei como é. Mas que figura teu pai, hein.

— Ô.

— Minha mãe era maluca por ele. Lembro bem. Eu devia ter uns quinze anos quando eles começaram a sair. Não, era mais novo, acho. Sei que mais ou menos em um ano se casaram. Fizeram uma festa de cinema, a porra toda. Teu pai devia estar cheiaço da grana na época. Foi minha primeira bebedeira. Convidei uns amigos da escola e a gente tomou bombeirinho, que era o drink da moda, até cair no chão.

— O que é isso mesmo?

— Basicamente groselha com cachaça ou alguma outra bebida alcoólica. Nunca tomou? Hoje em dia ninguém acha nada de mais. Mas naquele tempo era a maior sensação. No fim da festa, minha mãe e teu pai já tinham ido embora, eu e meus amigos estávamos no chão, alguns tinham vomitado na mesa, teve gente sendo levada pro hospital e tudo. Mas foi divertido pra cacete antes de virar uma tragédia.

— Acho que eu nunca fiquei bêbado desse jeito, de cair, vomitar, não lembrar do que aconteceu.

— Tá de sacanagem?

— Não, falando sério. Primeiro acho que era por causa da igreja e tal. Hoje em dia é como se eu tivesse um sensor dentro de mim que faz eu parar de curtir a bebida quando já estou passando do ponto. O gosto fica ruim, do nada, juro. E tenho uma resistência bem alta, então todo mundo vai ficando alterado e eu continuo lá, normal, no máximo um pouco mais extrovertido, com o riso mais fácil.

— Que coisa. Mas enfim. Eu gosto do teu velho. Melhor que o meu, que largou à minha mãe e a mim e nunca mais deu as caras. Eu estava no maternal ainda.

— Putz. Sinto muito.

— Não que eu falasse muito com teu pai. Acho que inclusive eu devia ter algum ciúme na época, essas coisas de filho com mãe solteira. E minha mãe era bonitona. Mas ele pagou minha faculdade de medicina, em Petrópolis. Sempre me perguntava como estava indo, queria saber das minhas namoradas, me fazia experimentar os uísques que ele tomava. Se interessava mesmo.

— Parece outra pessoa. Comigo ele nunca fez nada disso.

— É? Deve ser porque eu não era filho dele. Aí o cara age diferente, como se não tivesse tanta responsabilidade, fica mais *brother*. Leva menos a sério a coisa de ser pai, de ter que dar o exemplo, sei lá. Depois ele e minha mãe se separaram. Diz minha mãe que foi porque ela não aguentava mais as amantes dele. Mas não sei, sempre achei ele um cara tão bacana, pode ter sido outra coisa.

— Ele também era ciumento com ela? Tipo, quem estava aprontando era ele, mas ficava querendo saber onde ela estava, com quem, todo desconfiado?

— Muito. Os dois tinham brigas surreais. Quebravam o pau mesmo, um acusando o outro. Que eu saiba minha mãe nunca teve ninguém além dele.

— Pode ter sido isso mesmo. Pra minha mãe eu sei que foi.

— Mas sei que depois que eles se divorciaram, eu passei a ver teu pai muito pouco. Aí veio tua mãe, você nasceu. Minha mãe que ficava sabendo das coisas e ia me dizendo. Ela não queria nem chegar perto dele, óbvio. Um dia, ele me ligou. Soube que eu tinha me formado na residência em cirurgia plástica, queria me pagar um jantar pra comemorar. E aí voltamos a nos ver, de vez em quando. Ele me levou pra te conhecer quando você tinha uns quatro ou cinco anos. Era bem moleque. Foi antes de ele ir pra Cancún, antes de se separar da tua mãe. Você lembra disso?

— Acho que não. Foi mal.

— Tranquilo. Você era muito pequeno mesmo. Levei uma bola de futebol de presente pra você, dessas pequenas. A gente ficou chutando pra lá e pra cá e uma hora quebramos algum pote de vidro da tua mãe. Por sorte ela não estava em casa. Você achou graça, deu uma gargalhada, mas ele me deu um mega-esporro. Você se assustou, começou a chorar e não parou mais. Aí ele te pegou no colo e foi te acalmando. Você ficou agarrado nele daquele jeito até eu ir embora.

— Dessa fase eu não lembro quase nada, acho que era muito pequeno.

— Do que eu vi, percebi que vocês dois viviam grudados. Aí ele foi pra Cancún, e depois que voltou a gente se via menos. Aquela coisa, às vezes nos aniversários dele e tal.

— É. Pra mim acho que mudou bastante a partir da ida dele pra Cancún. A gente foi ficando cada vez mais distante.

— Bom, deixa eu ir pra casa. Amanhã eu não estou aqui, atendo no consultório só. Mas se precisar me avisa que eu venho. Ou qualquer coisa, me dá um toque.

— Beleza. Obrigado, Álvaro, mesmo. É pena meu pai não ter aproximado mais a gente.

— Às ordens. E a culpa não é só dele, dá um desconto pro velho.

Álvaro levanta, vai até o caixa, paga a conta toda e sai pela porta acenando para mim. Resolvo ficar ali mais um tempo, teria de esperar até a manhã para poder entrar de novo na UTI. Esboço uma mensagem pra Ju, mas desisto de mandar; está tarde e ela acorda com qualquer barulhinho. Checo meus e-mails, nada novo, e abro o Instagram. Minha última publicação é de mais de três meses atrás.

É o terceiro dia de UTI. Meu pai segue entubado e inconsciente. Sônia me liga para saber como estão as coisas. Chega uma mensagem de voz da Ju, que diz estar com saudades, pergunta se não quero que ela peça para outra pessoa ficar aqui em meu lugar. Respondo que não, e por algum motivo o corretor transforma a palavra em caixa-alta, mas só vejo depois de enviar. NÃO. Parece uma grosseria gratuita, ela estava apenas sendo atenciosa. Vejo que está digitando e tento digitar mais rápido para explicar que as maiúsculas não foram intencionais, mas a resposta dela chega antes: "Ah, o.k.". Geralmente esse "o.k." puro significa que ela não gostou de algo, ou pelo menos é como eu interpreto. Volto a digitar mas um médico interrompe, me chamando para o corredor. Explica que os novos exames realizados algumas horas atrás indicam que meu pai sofreu uma morte cerebral.

— Nesse caso, infelizmente, não há mais o que fazer. Sinto muito. Ele só está ainda com vida por causa dos aparelhos. O procedimento agora seria desligá-los. Se concordar, só vou precisar da sua assinatura, a enfermeira traz o formulário.

Quando a enfermeira chega com a papelada, ainda estou do lado da maca em que meu pai está deitado. Vejo o movimento artificial de seu pulmão. Caneta em mãos, todas as certezas que eu tinha antes sobre o prolongamento da vida se esvaem. Por que desligar os aparelhos? E se acontecer algo? Milagres existem, eu soube de alguns na época em que ainda estava na igreja, embora nunca tenha presenciado um; não estaríamos negando essa possibilidade ao desligar tudo?

Peço à enfermeira um tempo sozinho, e então desato a chorar. Talvez eu esperasse um novo período perto dele, ajudando-o a se recuperar como da outra vez. Ligo para a Ju e dou a notícia. Ela chora também. Ficamos alguns minutos ao telefone assim, em silêncio, chorando. Uma coisa que eu sei ao certo é do quanto ele gostava dela. Era vê-la que seus olhos brilhavam. E ela sabe disso.

Porém não comento nada sobre a questão do desligamento dos aparelhos. Decido que tenho de resolver isso sozinho. Endireito-me na cadeira e assino todas as folhas. Deixo a prancheta de lado, levanto e vou até o corredor externo, de onde ligo para minha mãe. Ela pergunta se preciso de algo, digo que não, que mais tarde avisaria sobre o enterro e tudo mais. O próximo da lista é Álvaro, e em seguida Sônia, que começa a soluçar ao ouvir minhas primeiras palavras. Mas logo se recompõe, diz que está vindo e que cuidará das questões práticas de velório, cremação, testamento etc.

— Ele queria ser cremado?

— Sim. Deixou no testamento, eu lembro quando ele fez. No dia brincou dizendo que todas as ex-mulheres iam querer um pedacinho dele, então era melhor virar pó e ser espalhado em um lugar qualquer. Acho que mencionou a praia, mas não deixou isso por escrito.

Volto ao biombo dele na UTI. Aproximo-me e encosto a mão nele, em seu corpo já sem cor. Trago à memória minhas opiniões sobre o prolongamento artificial da vida. Melhor assim. Setenta e cinco anos é uma idade razoável. Abro espaço entre os tubos para dar um beijo em sua testa, pego os formulários assinados e levo até o posto de enfermagem.

Decidimos fazer um velório simples, no Memorial do Carmo, seguido pela cremação. Fiquei encarregado de chamar pessoas da família e adjacências, enquanto Sônia cuidaria de toda a logística e convidaria alguns amigos e clientes mais próximos.

Chego com a Ju e com a minha mãe. Na entrada, Sônia e Anderson estão a postos, ao lado da porta da capela. Fazia uns bons anos que eu não via o Anderson, pelo menos dez. Nem sei se ainda estava trabalhando para meu pai. Cumprimento-o, pergunto como estão as coisas.

— Tudo certo. Meu primeiro filho acaba de se formar no colégio.

— Pô, parabéns! Minha mulher está grávida — digo, apontando para a Ju, que caminha em direção ao banheiro. Já entrou no sexto mês, sente vontade de fazer xixi toda hora.

— Aí sim! Tu foi rápido, hein?

— Até que não, trinta e dois anos já.

— Caramba. O tempo voa.

— É.

— Bom. Parabéns também. Mas se prepara, que a vida muda muito.

— Ouvi dizer. Você estava trabalhando pra ele ainda?

— Até uns cinco anos atrás, só. Quando ele começou a reduzir as operações, me arrumou um emprego na firma de um amigo.

— Que operações?

— Digo, reduzir os clientes. Aí estou nessa corretora de seguros. É bom, lá.

— Fico contente, Anderson. Deixa eu ir ali dentro ver como está tudo.

Sônia escolheu a coroa de flores, a cor do caixão, as plantas que decoravam a capela. Tudo me parece aceitável, dadas as opções eu não teria escolhido algo muito diferente disso. Aproximo-me devagar para ver meu pai no caixão. Colocaram um terno e uma gravata nele, coisa que nunca usava; no máximo, jogava um blazer por cima, se a ocasião pedisse, mas normalmente se vestia de calça e camisa social, aberta até o segundo botão. Seu rosto está inchado, embora menos do que da última vez que o vi, ainda cheio de tubos, no hospital.

Álvaro chega com a mãe, ambos vestidos de preto. Lúcia me abraça de lado e depois diz, puxando com o outro braço o próprio filho, lágrimas nos olhos:

— Ele era terrível. Mas vocês dois são prova de que também tinha alguma coisa boa.

— Sem dúvida! — minha mãe concorda, chegando por trás de nós.

Fico constrangido e ao mesmo tempo enternecido pela fala de Lúcia. Nunca pensamos muito nesse legado imaterial que nossos pais nos deixam. Vemos as características que temos em comum com eles, sejam físicas ou de temperamento, mas como filhos temos dificuldade de olhar o todo e ver a maneira como eles nos formaram, por mais torta que tenha sido.

Álvaro me dá um abraço e diz que sente muito. Então abraça a Ju e a parabeniza pela gravidez.

— Ops, parabéns pra você também, né, afinal alguém deve ter feito esse filho com ela, espero que tenha sido você — diz, voltando-se para mim. — E como não me contou sobre isso aquele dia no hospital?

Por educação rio da piada infeliz mas também para disfarçar, porque de fato não falei disso com ele e não sei o motivo. Pego a Ju pela mão e vamos para perto da Sônia, que recebe algumas pessoas que não conheço. Três homens engravatados, um acompanhado de uma mulher de sua idade, que deve ser a esposa, outro com uma moça muito mais jovem, que não por isso deixa de poder ser esposa também, e um terceiro, sozinho.

— Estes são Mário, Augusto e Ramiro — Sônia diz. — Clientes muito importantes e queridos do seu pai. E este é o famoso Joel.

— Muito prazer — digo. — Pena conhecer vocês nesta situação.

— É verdade — Ramiro fala, dando um passo em minha direção. — Pena mesmo. Sentimos muito pela sua perda.

— Teu pai era teu fã — Augusto continua. — Sempre falava de você. Do filho que trabalhava com cultura no jornal, e tal, e que escrevia muito bem.

— É mesmo? — surpreendo-me. — Pelo menos ele falou pra vocês, porque pra mim nunca disse nada.

— Sou testemunha também — Mário emenda. — Posso comprovar se for preciso.

Todos rimos por um instante enquanto nos dirigimos juntos à capela.

Repasso rapidamente o breve discurso que preparei para a cerimônia e imprimi em meia folha A4. Alguns amigos antigos com quem meu pai ainda mantinha contato, os mesmos que foram a seu último aniversário na churrascaria, chegam falando alto e rindo; logo se dão conta de estarem agindo de modo inapropriado, baixam o volume e tomam assento. Vou até eles, cumprimento um por um. Me perguntam pela Ju.

— Está ali na frente — digo —, sentada no primeiro banco. A barriga já está pesando bastante, fica muito cansada.

Pastor Tito, o jovem reverendo da igreja de um amigo que visitei recentemente, entra na capela acompanhado desse meu amigo e de sua esposa. Os dois primeiros me abraçam, a moça acena por trás — constrangida, talvez, por estar num velório sem conhecer nem o morto nem a sua família. Conversamos um pouco sobre amenidades até que Sônia me puxa de lado.

— Acho que já chegou todo mundo. Você não quer começar?

Dirijo-me até a frente, subo no pequeno palco e aceno para os presentes, tentando esconder a timidez e o incômodo.

— Queridos amigos e familiares — digo, limpando a garganta. — Esta é a cerimônia de cremação de Luiz Afonso Rodrigues de Moura. Meu pai.

Minha voz vacila quando digo “meu pai”. Respiro fundo para continuar:

— Agradeço a presença de todos aqui. Nossa vida é uma trama complexa, algumas coisas acontecem intencionalmente, vamos atrás delas, batalhamos por elas. Outras vêm até nós, ou acontecem como consequências não previstas das nossas ações. Fiquei pensando no que poderia falar sobre meu pai aqui. E uma coisa que me veio à mente é que ele sabia abraçar esses dois aspectos da vida, quase sem fazer distinção. Não valorizava demais as coisas que conquistou, e se adaptava sem problemas ao imprevisto; matava no peito e seguia adiante. Embora eu quisesse ter tido a oportunidade de saber mais sobre ele, através dele mesmo, fico com o Luiz Afonso de que me lembro e conheço, aquele que surgiu depois que eu nasci e que, do jeito dele, me amou. Aquele que amava a nora, também. E que sei que amaria muito o neto, que infelizmente não vai poder conhecer. Que Deus o abençoe onde ele estiver. Tchau, pai.

Dou um beijo em suas mãos cruzadas no peito. O corpo está coberto por uma fina tela perfurada, que serve para evitar que moscas e outros insetos se alojem nele.

— Ele vai ficar por mais meia hora aqui, e aí segue para a cremação. Se alguém quiser falar algo, por favor fique à vontade e venha à frente. Depois, vou pedir para o pastor fazer uma oração final.

Ninguém pede a palavra. Convido então Tito para encerrar a cerimônia.

— Senhor, pedimos que tu consoles a todos os parentes e amigos do Luiz Afonso. Que lhes dês ânimo e força para continuar sua jornada agora sem a presença deste seu ente querido.

Agradecemos pelo legado que ele deixou, pedindo também pela vida de seu neto que está sendo formado no ventre da mãe. Pai eterno, leva o Luiz Afonso para junto do teu seio de amor, nós te pedimos. Em nome de Jesus, amém.

Digo amém em seguida, no automático, e o restante dos presentes nos acompanha. Pondero que há algo de falso tanto nas minhas palavras como nas do pastor, sobretudo na parte em que me resigno a não saber mais sobre a vida dele. Mas quem é completamente honesto numa ocasião dessas?

Sônia pede para falar e sugere que rezemos uma ave-maria. Fico na dúvida se pastor Tito se importaria, se faria algum veto constrangedor por ser uma oração católica, mas não:

— Vamos. E depois podemos terminar com um pai-nosso — ele diz.

3.

Marcelo saiu da escola na virada do ano. A mãe de Joel disse que o amigo foi para um colégio mais fraco, pois estava tendo dificuldades de passar de série. A notícia o deixou desconcertado. Danilo, contudo, não pareceu se abalar tanto. Logo fez outros amigos, e arrastou Joel junto para esse novo grupo.

Na sétima série eles passaram a ter uma aula à tarde, às quartas-feiras, de modo que precisavam almoçar entre os turnos. Todos vão ao pequeno shopping que há por perto. Joel sente uma liberdade inexplicável de estar sozinho ali: poder escolher onde comer e fazer o que lhe der na telha, sem pais ou professores atrás dele, era algo novo. São duas horas de intervalo entre as aulas da manhã e a da tarde, tempo suficiente para bastante coisa.

Num desses almoços, algumas meninas sugerem que brinquem de pera-uva-maçã-salada mista. Joel nunca ouviu falar daquilo. Explicam que pera é abraço, uva é beijo no rosto, maçã é selinho na boca e salada mista é beijo de língua. Os meninos se enfileiram e uma menina, com os olhos vendados, passa apalpando os rostos deles, até que elege um. Joel fica aliviado por não ter sido o escolhido. Acha Tamara bonita, mas está extremamente constrangido — e, pior, nunca beijou ninguém. Apenas algumas semanas atrás aprendeu o que é ser BV, quando lhe perguntaram isso numa roda. Por via das dúvidas, disse que não, e se safou. Outro menino não teve a mesma sorte, e foi por causa da zombaria com ele que Joel descobriu o significado do termo: boca virgem. De frente para Carlos, Tamara escolhe uva. Dá um beijo no rosto dele, ri de nervoso, todos aplaudem e riem também.

Agora quem está com os olhos vendados é Joel. Apalpa o rosto da primeira menina. Acha que é Tamara. A seguinte não consegue saber, talvez seja Olívia, pelo nariz mais alongado. Nem pensar, depois de tudo que aconteceu no ano passado. A próxima deve ser Fernanda, por quem ele nunca se interessou. Resolve parar nela e escolhe pera; as vaias logo ecoam atrás dele. Abre os olhos e descobre que na verdade era Patrícia, a menina nova. Os dois se abraçam, meio sem jeito. Será que alguém escolhe salada mista nessa brincadeira?

No vestiário da escola, após as aulas de natação, tem reparado nos pintos dos colegas, com o máximo de discrição possível. Parecem de adulto, lembram o do pai, que viu poucas vezes. Muitos têm uma profusão de pentelhos. Joel começa a ficar nervoso pois sente que nada acontece com o dele, pelo menos nada que se note à vista. Enquanto os colegas saem pelados do chuveiro, despreocupados, ele leva a toalha e se seca dentro do box. Enrola-a na cintura antes de abrir a porta, e a seguir veste a cueca por debaixo dela, torcendo para que ninguém note a manobra calculada. Além disso, antes de sair de casa, enrola um cadarço espesso e o coloca dentro da sunga, na frente, para fingir um volume maior. Qualquer atividade aquática ou situação em que tenha de tomar banho perto de algum colega é carregada de tensão.

Sente-se inferior quando vê alguns desses rapazes, tão seguros de si. Essa insegurança é mais uma camada em sua relação conturbada com as pessoas e as coisas. Além de prestar atenção em todas as suas ações, de ficar imaginando tudo o que poderia dar errado, ainda tem de se preocupar com a própria aparência, com a maneira como os outros o enxergam.

O pai quer levá-lo para conhecer o clube no sábado. Associou-se este ano, o que, para Joel, significa que ele deve estar planejando ficar no Brasil por mais um tempo, pelo menos.

O clube fica no princípio da Barra, perto do Itanhangá, no que parece ser uma ilha do canal. No caminho, Joel observa os pescadores jogando suas redes da ponte e recolhendo peixes. Não entende como alguém pode pescar naquele canal, tão malcheiroso e poluído, nem quem compraria peixes vindos dali.

Entram de carro pelo portão principal e param perto da entrada. O pai dá uma volta com ele para um reconhecimento inicial da área. Quatro piscinas, parquinho, inúmeras quadras de tênis, campo de futebol, ginásio coberto, salas multiúso. Enquanto mostra tudo, diz a Joel que ele poderá fazer aulas do que quiser ali, de tênis a natação, de futebol a jiu-jitsu, pois já o tinha cadastrado como dependente.

No tênis, Joel até que se sai bem, faz aulas há alguns anos. Não gosta de futebol, e a natação, que parou há dois anos, fazia por obrigação, pois segundo a mãe era bom para a bronquite. A perspectiva de deixar um ambiente ao qual já está acostumado para fazer aulas ali, onde não conhece ninguém, o desanima profundamente. Caminha olhando para os lados, nunca para o pai, responde monossilábico a tudo que ele propõe.

O pai quer ir à piscina. Joel fica tenso, diz que não trouxe roupa para isso, mas ouve em resposta que podem mergulhar de bermuda mesmo e depois esperar secar no sol. Uma perspectiva nova se abre para ele: poderia ir sempre de bermuda à piscina, para evitar a exposição indesejada. Aquilo só não resolve a natação da escola, pois lá é obrigatório usar sunga.

O clube está cheio. Joel observa o movimento, os outros meninos e meninas. Um grupo compra picolés num quiosque próximo à piscina. Eles puxam a embalagem com rapidez, jogam-na fora e mordem a superfície gelada. Joel nunca conseguiu fazer aquilo, os dentes doem demais, de modo que para chupar picolé precisa lamber até amolecer a massa, além de conservar o plastiquinho embaixo para não escorrer e pingar.

Quando saem da água, o pai sugere que ambos tomem uma ducha no vestiário. Joel consegue convencê-lo a deixar que fique ali, secando ao sol; em casa tomaria seu banho.

O pai retorna, sentam a uma mesa próxima e pedem frango à passarinho e batata frita, um menu que os dois adoram.

— Esse já pode ser nosso almoço, que tal? — o pai diz.

— Tá bom!

— Queria eu ter tido um clube assim pra ir quando era da tua idade. Mas meu pai nunca compraria um título. Aquele português era muito pão-duro. Só queria ir à praia, tomar a cerveja dele e tal. Era bem mais barato, ele dizia. Mas pelo menos foi assim que comecei a jogar futevôlei.

— Você jogava futevôlei?

— Ô, se jogava. Todo mundo me queria de dupla. Mas faz tempo que não jogo.

— Por quê?

— Ah, uma vez teve uma confusãozinha lá, e aí não queriam que eu voltasse.

— Sério? Você brigou com alguém?

— É besteira. Deixa pra lá. Ih, olha ali.

O pai aponta uma mulher que sai da piscina, com um dos

biquínis mais diminutos que Joel já viu. Olha um pouco para ela e baixa o rosto. Vira-se para o pai e descobre que ele continua seguindo a moça com o olhar, até ela entrar no banheiro.

No novo grupo do qual faz parte, levado por Danilo, há duas meninas, Madalena e Clara. Tem ficado mais à vontade na presença delas, sente que o entendem melhor, por algum motivo. Com elas consegue conversar mais relaxado e ser mais aberto — mas não muito, para não acharem que é gay.

Danilo chega na sala de aula dizendo que vai dar uma festa de aniversário. Todos estão convidados. Repara como o amigo anda mais extrovertido. Tempos atrás, nunca falaria desse jeito, elevando a voz, dirigindo-se sem constrangimento à turma toda. Quando todos já estão dispersos em outros afazeres e conversas, Joel vai falar com ele:

— Você chamou o Marcelo?

— Claro. Liguei ontem, mas ele disse que vai estar viajando.

— Que pena. Ele falou alguma coisa do colégio novo?

— Disse que estava tudo bem e tal.

— Show.

Em casa, conta sobre a festa para a mãe, que se alegra com a notícia. Ela tem viajado mais a trabalho. Há semanas em que precisa passar três dias fora de casa, de modo que Joel tem ficado bastante com a Romilda, quando ela pode dormir lá, ou então vai para o novo apartamento do pai, num condomínio na praia da Barra, não muito longe daquele em que mora com a mãe.

— Vai ser sábado, no play do prédio dele. No fim da tarde. O Danilo chamou o Marcelo, mas ele não vai poder ir.

— Poxa, que pena. Eu te levo lá, pode deixar. A festa é no salão ou do lado de fora?

— Sei lá, por quê?

— Não vai ficar no sereno, depois fica doente.

— Não se preocupa, mãe.

— Esses dias fez um friozinho. Não esquece de levar boné e agasalho.

— Essa semana você viaja?

— Na quarta, mas volto no dia seguinte. A Romilda disse que pode dormir.

As viagens da mãe têm ajudado a dissipar o sufocamento que Joel vinha sentindo com sua preocupação constante. Talvez a diretora a tenha informado sobre o ocorrido com Olívia, pois agora sempre quer saber de tudo o que acontece na escola.

É o primeiro a chegar no aniversário de Danilo. No salão de festas não há ninguém. Observa as mesas e as cadeiras de plástico espalhadas, o espaço vazio ao lado, que deve ser a pista de dança, e, perto da copa, o que parece ser uma estação de crepes feitos na hora. Aproxima-se e confirma o palpite: lá estão a chapa e os potinhos enfileirados com recheios salgados — queijo amarelo, catupiry, presunto triturado, peito de peru, frango desfiado, orégano e tomate picado — e doces — chocolate derretido, banana, morango e goiabada cremosa. Planeja pedir primeiro um crepe só de queijo e orégano, e na sequência um de frango com catupiry, seu favorito. Não gosta de morango nem de banana em sobremesas, então o crepe doce só poderia ser de chocolate ou romeu e julieta.

Os pais de Danilo aparecem lá fora, procurando pelo filho. Estão montando, de última hora, mais algumas mesas na parte externa coberta, por precaução, para não faltar. O aniversariante enfim aparece, os dois se abraçam e Joel entrega o presente, que Danilo agradece, mas não abre e deixa num canto onde deverá deixar os demais.

De repente chegam muitos colegas ao mesmo tempo, inclusive Clara e Madalena, que sentam a uma mesa. Joel pergunta se pode se juntar a elas.

— Joel, sabe a Patrícia? — Clara diz, enquanto ele se ajeita na cadeira, depois de quase tombar para trás.

— A menina nova? — Joel responde, tentando disfarçar o constrangimento.

— Isso. Ela falou que é a fim de você.

— Hã?

— É, uma hora em que estavam só as meninas, a gente ficou perguntando quem ficaria com quem, e ela falou de você — Madalena complementa.

— Caramba. Tá.

— "Tá", garoto?! — as duas dizem, em uníssono.

— É, ué, sei lá.

— Ela falou, inclusive, que ficaria contigo aqui na festa. E aí? — Clara segue.

— Legal. Vou ver.

— "Vou ver"?!?! — as amigas levam as mãos à cabeça ao mesmo tempo.

Joel se levanta e vai até a parte de fora. O sol está se pondo. Mais convidados chegam, porém Patrícia não está entre eles. Alguém acende as luzes externas do play, umas poucas luminárias brancas redondas que deixam muitas áreas na penumbra.

Volta para dentro do salão e se dirige à estação de crepe. O cozinheiro é alto e veste um chapéu branco comprido, tem de se inclinar muito para trabalhar. A fila está longa, ainda que o homem se esforce para fazer tudo o mais rápido possível. Despeja a massa líquida de um lado, em formato de círculo, e pergunta o que a pessoa quer de recheio. Põe o que foi pedido e, enquanto o crepe vai cozinhando, joga outra quantidade de massa do lado vazio da chapa e já se vira para o próximo cliente, perguntando o que ele deseja. Dobra o primeiro crepe ao meio, põe no prato, entrega para o respectivo dono e recomeça o ciclo. Aquele movimento alucinado do cozinheiro, aliado à expressão de enfado no rosto dele, dá a Joel certa tristeza. Pondera, com exagero, que este deve ser o pior emprego do mundo: fazer crepes em festas alheias, num ritmo frenético. Chega sua vez, faz o pedido conforme o plano que traçara e se senta sozinho para comer.

Na segunda garfada, olha para a porta e vê Patrícia chegando. Ela tem o cabelo loiro, liso e curto, algo pouco comum, pois a maioria das meninas usa cabelo comprido. Está de calça jeans colada, dessas sem bolsos atrás, regata preta e tênis brancos com o logo da Adidas. Não é a mais bonita da sala, mas desde o primeiro dia de aula havia algo nela que chamava a atenção de Joel. Ou só estaria pensando isso por causa do que as amigas haviam dito?

Joel fica estático. Come em três bocados o restante do crepe, olhando para baixo, como se fosse um bicho. Vê Patrícia entrar no salão e cumprimentar Danilo, e a seguir outros amigos. Algumas pessoas dançam na pista, e ela resolve se juntar. Balança o corpo para lá e para cá, em movimentos que parecem naturais, sem muito cálculo prévio. Joel assiste a tudo, desviando o olhar de tempos em tempos para não ser notado.

Levanta da mesa e vai de novo para a fila do crepe, com o prato grudado na barriga. Quando estava para chegar sua vez, Clara aparece e lhe diz, ao pé do ouvido:

— Falei com a Pati. Se você quiser, encontra com ela do lado da quadra de futebol daqui a pouco.

Essa nova realidade, que mal chegou e já se instalou em sua mente — isto é, a possibilidade de ficar com uma menina —, faz Joel deixar o prato de qualquer jeito em cima do balcão e ir até lá, como se soubesse o que fazer. Espera por uns cinco minutos, numa zona escura do play. Em sua cabeça, a demora parece muito maior. Ali, parado, lembra que nem respondeu verbalmente à convocação de Clara. Será que ela entendeu que sim, que ele queria? Ou ele ficará ali plantado e nada vai acontecer? Talvez sua prontidão tenha sido autoexplicativa, e Joel se agarra a essa interpretação, tentando se concentrar no que, espera, está para acontecer. As mãos estão frias e suadas.

— Oi — Patrícia diz, chegando pelo lado para o qual Joel não estava olhando.

— Oi.

— Você é BV?

— Não — ele mente. — E você?

— Também não.

Ficam se olhando por um tempo. Patrícia se aproxima, Joel põe as mãos na cintura dela, mas mantém certa distância. Os dois se beijam. Ela de fato parece não ser BV, para alívio dele, que rapidamente entende mais ou menos como movimentar a língua, acompanhando a dela. Aproximam-se mais até que encostam a barriga um no outro, o que causa em Joel um calafrio. O beijo segue por mais um tempo, ele tenta tomar fôlego entre uma virada de rosto e outra, até que ela determina o fim. Joel tem a reação instintiva de dar um selinho nela antes de soltarem do abraço. Patrícia sorri.

— Legal — ela diz.

— É.

Beijam-se por mais um tempo. Joel abre os olhos e vê que os dela estão fechados. Nesse instante, que dura segundos, tenta pensar que aquilo está acontecendo de verdade, que há uma menina bonita na frente dele, que gosta dele e quer beijá-lo. Às vezes sente que não vive as situações, como se sua própria vida estivesse sendo vivida por outra pessoa, então tenta mentalizar que é ele mesmo que está ali, naquele momento. Fecha os olhos e continua, desejando que aquele beijo se prolongue indefinidamente. É Patrícia quem, mais uma vez, interrompe.

— Acho que vou dançar mais. Quer vir? — ela pergunta.

— Ah, não, sou meio ruim. A gente se vê depois, então.

Se tem algo que escapa por completo a ele é a habilidade para dançar. Não tem nenhuma noção de ritmo, e qualquer tentativa seria vergonhosa demais. Volta ao crepe, esquece do plano inicial e pede logo um doce, de goiabada com catupiry. Sente algo distinto de tudo o que já havia sentido, o coração palpita forte, recorda a cada minuto o beijo, fica excitado de novo.

Da mesa, vê Patrícia ao longe, dançando de olhos fechados num círculo com outras meninas. Logo mais dará a hora em que a mãe ficou de buscá-lo. Alguns colegas já têm celular, mas ele não, e por isso nem teria como refazer o combinado. Pensa que o que acabou de acontecer deve ser normal para Patrícia; ela parece não ter ficado muito afetada, ou pelo menos não como ele.

Tenta sem sucesso cruzar o olhar com o dela. Dá um tchau de longe para Danilo, que está do lado de fora conversando, e desce pelo elevador para encontrar a mãe.

No domingo, indo para a igreja, a mãe pergunta como foi a festa. Responde apenas que foi boa, que a turma toda estava lá. Não consegue prestar atenção em nada do que é dito pelo pastor. Almoçam com a avó num restaurante por quilo na sequência.

Voltam para casa, no meio do trajeto param para deixar a avó no apartamento dela na Gávea. Joel se tranca em seu quarto. Liga o computador, conecta-se à internet e abre o ICQ. Danilo está on-line.

joel_86: cara
joel_86: irada a festa ontem
d@nilow_: tb achei
d@nilow_: vlw por ter ido

joel_86: fiquei c a patricia
d@nilow_: serio?
joel_86: aham
joel_86: perto da quadra ali
d@nilow_: animal
d@nilow_: e ai cm foi?
joel_86: ela bja bem
d@nilow_: e tu
joel_86: acho q tb
d@nilow_: boaaa
d@nilow_: auhauhuahua
joel_86: flw vou sair aki
d@nilow_: blz flw

Antes de dormir, pensa no que aconteceria no dia seguinte, no que poderia conversar com Patrícia, e se os dois iriam namorar. Não chega a nenhuma conclusão, fecha os olhos, vira para o lado da parede e encosta o rosto nela, como costuma fazer, até que adormece.

Atravessa rápido o pátio da escola. Sente que algumas pessoas olham para ele, mas não é aquele olhar de reprovação que tanto o atormentou no ano anterior: há certa admiração, agora. Sem dúvida, Clara deve ter contado para alguém, e a notícia já se espalhava. Será que Patrícia contou também? O que teria dito? De súbito sente uma insegurança enorme. E se ela não tiver gostado, ou o achado inexperiente? Isso explicaria ela ter resolvido dançar logo após o beijo. Se bem que ela o convidou, foi ele que não quis ir.

Patrícia sempre senta do outro lado da sala, mais para o fundo. Chega atrasada, com o fichário da Hello Kitty na mão e a mochila jeans nas costas, e se dirige ao lugar habitual. Abre o fichário, pega o bloco de folhas pautadas e começa a anotar rápido o que está no quadro. O professor de matemática apaga o conteúdo inteiro, e a expressão no rosto dela exibe sua frustração — não deve ter conseguido copiar tudo. Olha de relance para Joel, que estava vidrado nela. Dá um sorriso de lado e destaca do bloco a folha em que escrevia para iniciar uma nova, deixando espaço para copiar o restante de alguém depois.

No recreio, vê que Patrícia está na cantina. Vai até lá, entra na fila e pede um cheeseburger e uma coca. Ela está no balcão, esperando algo que pediu, e Joel ultrapassa uma pessoa para ficar ao lado dela.

— Oi — ele diz.

— Oi. E aí?

— Tranquilo. Ficou muito lá ainda, aquele dia?

— Fiquei. Mas uma hora não te vi mais.

— É que minha mãe tinha que ir me buscar meio cedo. Você estava dançando, aí acabou que nem dei tchau.

— Ah, entendi.

— É.

— Então tá. Vou ali com as meninas.

— Beleza, tchau.

O cheeseburger chega. Joel põe demoradamente ketchup e maionese, desenhando duas espirais meticulosas, uma dentro da outra. Come devagar, no balcão mesmo. Nunca pede isso, em geral ou leva lanche de casa ou come um folhado de queijo; seu objetivo ao pedir o sanduíche era poder ficar mais tempo perto de Patrícia no balcão, enquanto esperava o preparo. Mas tem a sensação de que tudo foi por água abaixo, não deveria ter ido embora da festa, ou no mínimo podia ter criado coragem para ir se despedir dela. Se a mãe ao menos desse logo um celular para ele! Resolve que vai pedir um para o pai assim que o encontrar de novo, com certeza ele compraria sem pestanejar.

* * *

No dia da aula à tarde, Patrícia o aborda no fim do turno da manhã e pergunta se ele vai almoçar no shopping. Diz que sim, e ela sugere, sem rodeios, que os dois se encontrem na loja de CDs dali a vinte minutos.

Joel chega antes e fica um tempo zanzando pelas prateleiras. Não ouve muita música. Gosta de Aerosmith porque uma vez ouviu na casa do primo, que é fã da banda. Procura por álbuns deles, e constata que não conhece nenhum, só algumas músicas isoladas.

Patrícia aparece e o puxa para fora da loja. Joel caminha atrás dela, que parece saber aonde vai. Passando a loja ao lado, há um corredor menor que dá numa espécie de varanda de serviço, cujo acesso não é proibido ao público, mas talvez só se mantenha assim se outros não o descobrirem. Não há mais ninguém ali. De um lado estão os fundos das lojas — paredes mal pintadas com dutos de ventilação e máquinas de ar-condicionado na parte de cima. Do outro, há uma mureta baixa, que se debruça na movimentada avenida lá embaixo.

Ele encosta na mureta, Patrícia se aproxima e começam a se beijar. Joel a puxa para mais perto, e tem a ideia de deslizar a mão até a bunda dela, que prontamente a devolve para onde estava antes; apesar disso, não interrompe o beijo. Depois de mais alguns amassos, Joel pergunta:

— A gente está namorando?

— Sei lá — ela diz, com uma risada que parece mais envergonhada que debochada. — Pode ser. O que você acha?

— Bora.

— Tá bom então.

Comem um salgado rápido e voltam de mãos dadas para a escola, mas perto do portão se soltam um do outro.

O pai vai buscá-lo, de surpresa. O horário de verão acabou, e já está escuro no fim da aula da tarde. Diz que vão comer uma pizza, Ciça já os esperava por lá. Joel não a conhece, mas nem precisa perguntar para saber que é a nova namorada do pai.

É uma pizzaria rodízio. Quando vai a um lugar como esse com os amigos, apostam quem consegue comer mais pedaços. Ele se sai bem no início, mas sempre tem um ogro que, no momento em que Joel já está empanzinado e não aguenta mais, consegue dobrar um último pedaço e o enfiar inteiro na boca.

A nova namorada do pai parece simpática. Ele está animado, tem pensado muito menos em cada detalhe e consequência de suas ações. Come uma fatia de calabresa, e depois uma de frango com catupiry, pedindo para o garçom colocar junto no prato a portuguesa que trazia na outra bandeja. O pai ri.

— Que fome, hein?!

— Não almocei direito na escola.

— Ah, é? E ficou fazendo o quê?

— É que estou namorando.

O pai e a namorada explodem num grito e o felicitam.

— Ah, garoto! Igual ao pai. Não te falei, amor? Quando eu era da tua idade, não tinha pra ninguém com as meninas.

— É, mas não segue o exemplo do safado do teu pai não, viu — Ciça diz. — Qual o nome dela?

Joel responde e volta a se concentrar nas pizzas. Come mais um par de sabores salgados e pede ao garçom que comece a mandar as doces.

Chegando na casa da mãe, já tarde, resolve contar para ela também, antes que saiba pelo pai.

— E quem é?

— Chama Patrícia. É nova na escola, entrou este ano. Você não conhece.

— Bonita?

— Aham.

— Que bom, meu filho. Mas vocês já eram amigos, estavam se falando há um tempo? Como foi?

— Sei lá, rolou de repente.

Ganha certo respeito entre os amigos, é o único da sala namorando. Pelo menos, pondera, as possibilidades de ficarem chamando ele de viado ou algo do tipo estão afastadas.

Já está junto com Patrícia há dois meses. Ela mora perto da escola, costuma voltar a pé. A mãe é dona de casa e o pai, advogado. Conheceu a sogra há pouco, num dia em que foi almoçar no apartamento dela depois da escola. Esses almoços estão virando rotina, pelo menos uma vez por semana comem lá, exceto no dia da aula à tarde: nesse caso, preferem ir ao shopping, pois assim podem ter um tempo sozinhos. Além desses momentos, às vezes se veem nos finais de semana, mas não em todos.

Num dia de almoço no shopping, os dois estão na fila do McDonald's e notam que muitas pessoas se reúnem perto da tevê ao lado dos caixas. Fazem o pedido e se aproximam para perguntar o que está acontecendo. Alguém diz que houve um tiroteio numa escola dos Estados Unidos, numa cidade chamada Columbine. Muitos estudantes tinham morrido.

À noite, em casa, encontra a mãe em choque com a mesma notícia. Ela explica melhor para ele o ocorrido, que em sua cabeça ainda parecia algo pertencente a outra realidade. Diz que nos Estados Unidos é muito fácil comprar uma arma, e que foram dois alunos do último ano que entraram atirando em todo mundo. Deviam ser humilhados em sala e resolveram se vingar daquele jeito, ela diz.

O atentado, palavra nova, ocupa seus pensamentos durante o resto da noite. No dia seguinte, alguns colegas comentam a respeito, os professores parecem alarmados. À tarde, a mãe resolve checar se ele entendeu mesmo a gravidade do ocorrido. Começa bem do início, mas acaba sendo didática demais, como se ele não entendesse um monte de coisas que a essa altura já está cansado de saber. Joel tenta não perder a paciência, mas no fim interrompe as explicações dela e diz, forçando a voz para deixar clara a irritação, que precisa ir para o quarto estudar.

Decide que vai apresentar a namorada à mãe. Combinam um almoço no Outback que abriu no BarraShopping.

A mãe repara como ele está comendo em menor quantidade. Comenta isso com Patrícia depois que terminam os pratos principais. A namorada ri mais do que o esperado, chega a gargalhar. Joel fica sem graça e com um pouco de raiva das duas. Está tenso, não quer que elas se estranhem, mas tudo corre bem.

— Quero conhecer seu pai qualquer dia — Patrícia diz, dando uma colherada no sundae que pediram de sobremesa.

— Ele vai gostar de conhecer ela, filho — a mãe emenda, concordando.

— Vamos combinar. Ele viaja, às vezes, e trabalha muito.

— Mas sua mãe não viaja também?

— É, mas é diferente.

— Não tem nada de diferente, Joel — a mãe diz.

No fundo, tem receio desse encontro. Será que o pai se comportaria, ou faria alguma brincadeira inoportuna? Joel dá diversas voltas no assunto em sua mente e conclui que com certeza ainda não era a hora de promover essa apresentação.

Os beijos e as carícias vão ficando cada vez mais intensos. Patrícia já não puxa mais a mão do namorado para cima. Em breve completam três meses juntos. Entretanto, Joel se preocupa: todo dia de manhã se olha no espelho do banheiro, mas não vê sinal da chegada da puberdade — outra palavra que aprendeu nos últimos tempos, dando nome a sua ansiedade. Por mais que se masturbe e fique de pau duro, nada sai dali.

Numa quinta-feira à tarde, vão à casa de Tamara, que é amiga de Patrícia e também mora por perto. Joel descobre ao chegar que os pais dela viajaram e que a empregada faltou porque está doente. É uma casa com diversos cômodos e andares. O namorado de Tamara, mais velho que eles, logo se junta aos três — talvez tivesse uma cópia da chave, pois nem precisou tocar a campainha para entrar. Em determinado momento, o outro casal desaparece, deixando Joel e Patrícia sozinhos na sala de tevê, com a porta de correr semifechada.

Começam a se beijar sentados na ponta do sofá. Joel coloca a mão por debaixo da camiseta de Patrícia, e ao alisar suas costas sente o volume do sutiã, com uma surpresa que, por fazê-lo parecer inocente, deixa-o constrangido. Ela se inclina para trás e deita, com as pernas ainda dobradas e os pés no chão. Ele faz o mesmo. Continuam o beijo por mais um tempo, até que Joel interrompe. Os dois se olham por um instante, ele desliza o braço por trás dela e a puxa para cima, emendando outro beijo assim que voltam a ficar sentados. Joel fica de pé, sem mais. Não sabe o que fazer. Patrícia olha para ele, depois fica encarando, com uma expressão vazia, o extenso tapete persa que cobre todo o chão.

Joel resolve ir até a estante de livros e repara no que a família mantinha ali: uma coleção antiga da enciclopédia Barsa, que era provável que ninguém mais usasse, livros de culinária e um ou outro romance. Ele só lê o que passam na escola, basicamente. Naquele ano estavam lendo diversos livros de Lygia Bojunga. Ninguém gostou muito de *A bolsa amarela*, Danilo tachou de "chato pra cacete", mas Joel ficou comovido com a história, com aquela ideia de que os mundos criados pela protagonista conviviam com o mundo real, e com a solução que ela encontrou de sempre colocar na bolsa as vontades que precisava reprimir. Nunca falou disso com ninguém, nem com Patrícia. A professora elogiou sua resenha em sala, ele só agradeceu e não disse mais nada.

Vira-se de volta para a namorada e diz que precisa ir. Patrícia não entende, Joel dá um selinho nela e sai pela porta da casa. Está com aquela sensação febril, a pele ardendo de nervoso. Pega na mochila o papel com os horários do ônibus do condomínio, descobre que um deles passaria ali perto em quinze minutos e fica esperando no ponto.

Ganhou um celular do pai, um modelo Nokia que muitos colegas tinham. Já estava expert no jogo da cobrinha, o recorde da sala era dele. Recebe uma mensagem de Patrícia:

oi o q aconteceu? ta td bem? me liga bjux
td bem, dps a gnt se fala bjo

Encostado na janela do ônibus do condomínio, Joel reflete que vai precisar terminar o namoro. Estava claro que Patrícia queria transar, e ele não tinha como, infelizmente ainda não era capaz. Nunca poderia falar isso para ela, pensa que se ela o visse nu a humilhação seria terrível demais. Sobretudo porque, suspeita, ela parecia ter experiência naquilo, então teria base de comparação. Fica com muita raiva, como se uma grande injustiça o tivesse acometido. Chega em casa, a mãe está viajando, dá oi à distância para a Romilda, tranca a porta do quarto e chora deitado na cama.

À noite, decide que precisa pôr logo um fim naquilo. Liga para Patrícia e, com a voz trêmula, fala que precisa terminar com ela. Ela se espanta e desata a chorar do outro lado da linha:

— Mas o que aconteceu? Por que você está fazendo isso?

— É que não está mais dando certo.

— Como assim, Joel?

— Pra mim não está. Desculpa, Pati, você é muito legal.

— Seu babaca!

Joel desliga o telefone, no susto, após ouvir isso. Nunca tinha sido chamado de babaca ou de qualquer coisa parecida. Ser zoado por outros meninos era diferente, algo corriqueiro. Mas ele costuma ser querido pelas pessoas, principalmente pelos mais velhos e pelas meninas, e gosta da sensação de agradá-los. O xingamento entra como uma faca, minando sua percepção de que era um bom rapaz. Deita na cama, sem dar boa-noite para a empregada e sem explicar por que não iria jantar, tenta se masturbar mais uma vez, com raiva, e nada acontece. Vira de lado, ofegante, e aos poucos se acalma até dormir.

No dia seguinte, Patrícia não vai à aula. Tamara o aborda na hora do recreio.

— Ficou maluco, garoto?! A Pati tá em casa, não para de chorar por tua causa.

— É que pra mim não estava rolando mais. Pede desculpa pra ela.

— Pede você! Eu, hein. Que moleque imbecil.

Quando ela se afasta, Joel nota que muitas pessoas ouviram a conversa. Não é para menos: Tamara estava falando muito alto. Abaixa a cabeça e vai ao banheiro, onde fica por um tempo, sentado no tampo da privada. Ao sair, encontra Danilo, que pergunta o que tinha acontecido. Ele responde a mesma coisa que tinha dito a Tamara, desconversa, e logo o sinal toca.

Sente-se envergonhado e humilhado pela situação, mas resolve que vai fazer de tudo para que ninguém perceba isso: vai manter a história de que o namoro não estava mais funcionando para ele, vai tentar sair por cima, para não acharem que ele não gosta de mulher e que esse, na verdade, foi o motivo do término. Tenta parecer seguro quando outras pessoas perguntam a mesma coisa, elabora um sorriso falso. Tem medo de Patrícia querer se vingar de algum jeito. E se ela falar que ele não é homem o suficiente? E se contar a história para alguém, dizendo que ele teve tudo para transar com ela, mas negou fogo na hora H?

Volta para casa com esse pensamento o aterrorizando. Anderson pergunta como estava a namorada, ele diz apenas que tinham terminado, não fornece outros detalhes, e o motorista tampouco parece querer saber, ou talvez esteja apenas respeitando seu silêncio. Como a mãe está viajando, só precisa contar para ela à noite, e apenas se perguntasse. O fato de que já era sexta-feira o acalma, ainda teria dois dias até se encontrar de novo com Patrícia.

Para alívio dele, a mãe não ficou perguntando muito a razão do término do namoro, depois que ele enfim contou. Ela nunca poderia entender. O pai, que aliás nem chegou a conhecer Patrícia, também não. Seria embaraçoso em diversos níveis, e por diferentes motivos, contar a verdade para cada um deles. É impensável, para ele, compartilhar qualquer assunto sobre a sua sexualidade com a mãe, e o pai poderia achá-lo frouxo, maricas, e se envergonhar do filho que tinha.

No domingo à noite, assiste no *Fantástico* a uma matéria sobre o tiroteio em Columbine, que completava um mês. Exibem uma retrospectiva dos fatos e do que aconteceu depois. Joel começa a pensar se algo semelhante poderia ocorrer em sua escola. Ou então, já que estão perto de uma favela, se algum traficante poderia descer o morro, entrar lá e sair atirando em todo mundo, só porque acordou de mau humor, ou quem sabe fazer a turma toda de refém, pedindo um resgate milionário a todos os pais. Será que é seguro irem sozinhos, a pé, até o shopping? Impulsionado pela lembrança do atentado nos Estados Unidos, o velho senso de tragédia volta com toda força — embora seu retorno se deva mais à possibilidade de Patrícia contar algo que venha a comprometê-lo — e afeta diretamente a percepção que tem de si no mundo. Junto a isso, chega um sentimento de que tudo é inviável, de que é melhor ficar inerte e deixar as coisas acontecerem e, com sorte, chegarem até ele.

Passa quase toda a noite em claro, olhando para as luzes do Carrefour refletidas no teto do quarto. Esses pensamentos se misturam a reportagens que tinha visto na tevê sobre a virada do milênio, as previsões catastróficas de Nostradamus, o medo de que todos os equipamentos eletrônicos apaguem. O despertador toca, e parece que dormiu por no máximo meia hora. Cobre o rosto com o lençol, dorme mais uns minutos até que a mãe vem acordá-lo, dizendo que se não se arrumasse logo ia perder o ônibus das 6h45.

4.

Toco a campainha do escritório do dr. Eduardo. É o advogado do meu pai, Sônia me informou, que sabe tudo sobre ele e ficou encarregado de executar o testamento. A fiel escudeira já está na sala de espera, sentada no sofá bege de couro sintético, folheando uma revista de fofoca.

— Tudo joia, Sônia?

— Tudo, meu bem. E você?

— Indo.

— A menina disse que o dr. Eduardo está terminando uma videoconferência e já nos atende.

Tiro da mochila o livro que estou lendo: *O africano*, de um escritor franco-mauriciano, Le Clézio. Frustro-me por ainda estar na metade. Ultimamente tenho a impressão de estar lendo cada vez mais devagar; o vício em séries não ajuda. Leio com dificuldade três parágrafos, tentando abstrair a televisão ligada em alto volume e a visão das paredes chapiscadas e da sanca protuberante. Quando enfim viro a página, o advogado aparece e nos convida a entrar.

Eduardo se apresenta, me dá os pêsames e se desculpa por não ter ido ao velório na semana passada. Estava em uma viagem a trabalho.

— Foi uma cerimônia sem caráter religioso, certo? — pergunta.

— O Luiz tirou isso do testamento, doutor — Sônia se adianta.

— Como assim? — indago.

— Ah, é verdade, desculpe, me confundi. Ele pensou em colocar isso, mas desistiu por sua causa.

— Nunca fiquei sabendo disso. Mas agora já foi.

— Ele não quis te aborrecer, Joel. Achou que devia deixar você fazer como achasse melhor — Sônia completa.

— Como se eu fizesse questão. Ele devia achar que eu ainda tenho quinze anos, só pode.

Antes que chegassem a galope as lembranças da ojeriza que meu pai sentia sempre que eu mencionava, quando adolescente, qualquer assunto relacionado à igreja, dr. Eduardo muda de tema e passa a falar sobre os bens que ele havia deixado. A casa onde morava, no Recreio; um apartamento médio em Copacabana, que estava alugado; e um quarto e sala na Barrinha, cujo inquilino acabara de sair. A casa estava designada para mim, o apartamento de Copacabana, para a Sônia, e o da Barrinha, para o Álvaro.

— Ele tinha mais imóveis, mas nos últimos tempos foi ficando sem dinheiro e teve que vender alguns pra cobrir umas dívidas. Foram uns três apartamentos pelo ralo. O restante, Joel, isto é, o dinheiro que ele tinha investido e o que tinha em conta, é todo seu. O que está no Brasil totaliza aproximadamente um milhão de reais. Ainda estou verificando como será o procedimento com relação às contas no exterior. Tem bem mais que isso, mas, por enquanto, o melhor é deixar o dinheiro lá. Já quase terminei de levantar quanto há em cada uma para te passar, também.

— No exterior? Onde?

— Ele tem uma conta nas Bahamas, outra em Aruba e uma empresa em Barbados.

— Não sabia.

— Está tudo nos conformes, não se preocupa, ele sabia fazer direito. Era o trabalho dele, afinal.

— De consultor financeiro?

— É. Você entende, né.

Digo que sim, mas na verdade aquilo tudo é bastante novo para mim. Sônia não diz nada. Então meu pai era um doleiro, ou algo assim? Trabalhava mandando dinheiro dos clientes para aqueles paraísos fiscais? Minha cabeça roda, ao mesmo tempo que, se pensar bem, tudo faz sentido.

No elevador, pergunto a Sônia se ela sabia daquilo.

— Sabia, Joel. Quando ele morou em Cancún, fiquei mais a par, porque tinha que fazer mais operações daqui pra ele.

— E o que mais você sabe sobre a estadia dele em Cancún?

— Pouca coisa. Ele não contava muito, você conhece a peça. Sei que precisou ir pra lá porque a coisa estava ficando complicada no Brasil.

— Estavam atrás dele aqui?

— Um pouco. Ou pelo menos ele começou a suspeitar.

— E você já ouviu falar de um sequestro que ele sofreu por lá?

— Sequestro? Acho que não.

— Foi da última vez em que eu estive lá.

— Ah, só lembro de ele me pedir pra comprar passagens pra vocês com urgência. Não tinha, e acho que ele comprou no aeroporto mesmo, no dia seguinte. Mas ele nunca me explicou o motivo.

Parece sincera, mas ao mesmo tempo já não sei se posso acreditar em tudo o que diz. Pego no bolso a chave do carro, entro e ligo o motor, mas deixo o rádio desligado. Dirijo em silêncio pela avenida das Américas, repassando mentalmente o que acaba de acontecer.

Chego à casa do meu pai já de noite. Está vazia há alguns dias, a poeira se acumula em cima dos móveis. Tenho a missão de esvaziá-la e vendê-la. Decido que farei isso sem pedir ajuda à Sônia. Vou fazer do meu jeito, tudo nos conformes, para não ter nenhum problema fiscal no futuro. De súbito me vem uma vaga recordação de estar junto com meu pai quando ele estava comprando um apartamento, talvez o da Barra. Havia pilhas de dinheiro em cima da mesa, e a moradora e a filha dela contavam uma a uma. Ele devia ter dado o sinal em dinheiro, penso agora. Não sei quantos anos eu tinha.

Nunca gostei da ideia de morar em casa numa cidade como o Rio, mesmo num condomínio fechado. Ficaria mais paranoico ainda com a possibilidade de um assalto, além de ter zero habilidade e paciência para consertar coisas. Prefiro morar num prédio: ter muitos vizinhos e um porteiro vinte e quatro horas traz certa sensação de segurança, e o zelador ou algum funcionário se responsabiliza pela manutenção geral. Além do mais, este lugar, no fim do Recreio, quase em Vargem Grande, é longe demais, tornaria minhas idas ao trabalho um inferno maior do que já eram, morando na Barra, mesmo que o metrô tenha trazido alguma melhora para o trânsito. Eu e a Ju planejamos então vender a casa para comprar um apartamento na Zona Sul, mais perto da redação do jornal e que tivesse um terceiro quarto para servir de escritório para ela, já que o bebê em breve ocuparia um quarto e nosso apartamento só tinha dois.

Meu pai veio morar nela quando eu já estava casado com a Ju. Não é, portanto, uma casa que me traga lembranças especiais. A mais marcante talvez seja uma das mais recentes: a semana que passei com ele aqui, após o primeiro AVC.

Tem três andares. No primeiro ficam a sala de estar, a cozinha, a área de serviço e o lavabo; no segundo, um quarto, um banheiro e a sala de tevê; e, no último, duas suítes. Há um jardim frontal com uma piscina e uma edícula, que nunca foi ocupada. Não tem telhado, o teto é uma laje plana. No último ano, por conta da dificuldade de locomoção, ele havia se mudado para o quarto do segundo andar, abandonando a suíte do terceiro. Nunca entendi para que uma casa tão grande, se era só ele que morava ali, com uma ou outra namorada que podia passar um tempo às vezes.

Inicio pelos armários de roupas e separo algumas de que gosto, pois vestimos o mesmo tamanho. O restante pretendo doar. Experimento uma camisa de uma marca muito refinada, o tecido desliza suave pela minha pele. Ponho por cima uma calça social cáqui. Olho-me no espelho e vejo meu pai. Desvio o olhar para baixo. Não somos parecidos de rosto, mas tenho o mesmo porte dele; em geral as pessoas dizem que tenho os traços da minha mãe. Ela, por sua vez, afirma que sou mesmo parecido com ele.

A camisa ficou boa, mas a calça não vestiu bem, de modo que a deixo junto às roupas para doação. Dos sapatos, sei que aproveitarei poucos: a maioria é tipo mocassim, que nunca uso. Meu pai tinha uma quantidade sobre-humana de roupa, a tarefa me leva madrugada adentro, mas pelo menos consigo terminar. Demoro a achar um lençol e um cobertor para fazer a cama no quarto de cima e dormir.

É meu dia de folga, no último fim de semana dei plantão no jornal. De manhã, ligo para a Ju e combino que ficaria ali para avançar mais na arrumação. Ela pergunta se preciso de ajuda. Digo que não, que para ela seria ruim ficar se agachando, e a poeira talvez atacasse sua alergia. No fundo, prefiro ficar sozinho e me dedicar por completo àquilo.

Desço diversas caixas que estavam guardadas no armário da antiga suíte que ele ocupava. Nada relativo a trabalho, essa parte toda devia estar com a Sônia. Há alguns álbuns de fotografia, talvez os únicos que ele considerou importantes o suficiente para guardar.

Abro o primeiro e dou de cara com fotos dele pequeno com os pais, no apartamento em que moravam no Lins. Não conheci meus avós. Os dois eram portugueses e vieram para o Rio de Janeiro no princípio da década de 1940, e anos depois meu pai nasceu. Saíram fugidos da Segunda Guerra, como meu pai me disse certa vez, mas para eles devia ser mais uma ameaça distante do que algo real, já que o país se manteve neutro em relação ao conflito. Ainda assim, o ambiente do Estado Novo de Salazar era bastante hostil, o que talvez seja uma explicação mais plausível para sua emigração. Colados à página há também um cartão de seu batizado, outro do primeiro aniversário e mais algumas fotos dele ainda bebê.

O segundo álbum é dedicado a mim. Eu já o havia visto em algum momento, não sei quando, mas algumas fotos são familiares. São imagens de mim quando bebê e criança. Surpreendo-me com umas fotos nossas em Cancún. Eu na arquibancada antes de um show de golfinhos; meu pai e eu posando em frente a uma pirâmide de Chichén Itzá; nós dois de novo, em cima de um jet ski engraçado que em vez do tradicional guidão tinha um volante tipo de carro. Penso nesse dia: era um passeio aquático coletivo, e meu pai resolveu fazer um percurso diferente, distanciando-se do grupo. Lembro do meu medo enquanto nos embrenhávamos pelo mangue, ele ria e falava alto comigo, para se fazer ouvir por cima do barulho do motor, e quanto mais elevava a voz, mais eu me aferrava a suas costas. A foto na pirâmide, se me recordo bem, havia sido tirada por Juan, que estava conosco nesse passeio — não há nenhuma imagem com ele, aliás. Antes de virar a página, lembro do dia do show de golfinhos: chegamos ao local e a moça da bilheteria disse que os ingressos estavam esgotados; era meu último dia com ele, não haveria outra oportunidade naquela viagem. Eu não tinha qualquer interesse prévio no espetáculo em questão, mas meu pai me deixara na expectativa (ele era mestre nisso, diga-se: conseguia criar muita expectativa nas crianças, transformava algo trivial num evento imperdível, dramático). Fez toda uma cena para a funcionária, ofereceu pagar mais, disse que desde antes da viagem eu estava ansioso para assistir àquilo, que era meu maior sonho, enfim, insistiu tanto que ela nos deixou entrar. Essa lembrança repentina, que estava esquecida e foi disparada pela foto, me deixa emocionado. Sei que, caso não entrássemos, ele ficaria genuinamente frustrado e entristecido por não ter conseguido me proporcionar aquilo que era tão importante — ainda que importasse de verdade apenas para ele.

Separo esses dois álbuns e continuo olhando as outras caixas. Algumas vazias, outras com quinquilharias, material de escritório, dois pendrives e um chaveiro. Junto essas coisas numa caixa menor e desço para a cozinha.

Escolho algumas panelas boas e facas que pareciam recém-compradas, além do faqueiro antigo da vovó, que ele ainda guardava. Em cima da bancada vejo uma chaleira elétrica supermoderna, com inúmeras funções de temperatura, para os diferentes tipos de chá. É um exagero, duvido que essas distinções fizessem alguma diferença para ele. Os móveis, a maioria de vime, não são muito do meu agrado. Talvez fique com a cama dele, pois é maior que a minha, e com a tevê, com certeza. Poderia sugerir ao comprador da casa que fique com o restante; caso não tope, chamo o Exército da Salvação ou alguma instituição do tipo.

Telefono para um restaurante próximo, cujo número consta num ímã de geladeira, e peço um galeto para almoçar. Depois de comer, sinto-me exausto, deito no sofá e cochilo. Acabo dormindo muito, quando acordo já tinha anoitecido. Há cinco chamadas perdidas da Ju no celular. Ligo assim que consigo manter os olhos abertos por mais tempo.

— Amor, está tudo bem? Desculpa, cochilei aqui e só acordei agora.

— Tá. Me assustei, senti uma dor muito forte, parecia que era na parte de baixo do útero. Liguei pra médica e ela me disse que é normal, pode ser o bebê se esticando lá dentro, mas se eu estivesse muito preocupada poderia ir ao pronto-socorro fazer um exame pra ter certeza.

— E o que você quer fazer?

— Acho que vou ficar em casa mesmo. Só de pensar em enfrentar fila, dá preguiça. Deve querer dizer que está tudo bem.

— Mas se quiser eu saio daqui, te pego e a gente vai.

— Não, já me acalmei.

— O.k. Bom, vou só terminar umas coisas aqui e parto pra casa.

— Tá, beijo.

Sua voz soa irritada. Penso que não deveria mais deixar o celular no silencioso, agora que a gestação está mais avançada.

Pego alguns uísques bons ainda lacrados que há no pequeno bar da sala, uma garrafa de gim e outra de vodca e ponho junto com as coisas que levarei comigo. É melhor eu trazer umas malas amanhã e ver se alguém pode me ajudar com a televisão. Não sei como vou fazer com a cama, afinal não tenho onde deixá-la em meu apartamento atual — acho que só nos mudaremos quando o bebê nascer, e ainda há o tempo necessário para vender a casa e em seguida achar um apartamento que agrade aos dois.

Chego tarde em casa, a Ju já tinha jantado. Antes de dormir, pergunto se por ela tudo bem eu fazer uma viagem a Cancún daqui a algumas semanas.

— Oi? Fazer o quê? — ela responde.

— Meu pai morou lá, você sabe.

— Sei. E daí?

— Daí que preciso de uns dias pra pensar, descansar, acho que ainda não processei tudo direito. E lá foi o lugar em que ficamos mais juntos seguido, quer dizer, depois que ele se separou da minha mãe. E ao mesmo tempo não sei bem o que ele estava fazendo naquela cidade.

— Joel, é teu pai, não uma matéria que você tem que investigar. Se bem que agora que você está no caderno de cultura não precisa investigar muita coisa, né.

Engulo o comentário ácido, nascido possivelmente da raiva que ela sentira mais cedo, quando não atendi o celular.

— Não é investigação. Preciso de um tempo, só isso. Quero ir. Tudo bem? Sua mãe fica aqui uns dias.

— Você sabe que só peço a ajuda dela se não tiver mais opção. E de onde você vai tirar dinheiro pra isso?

— Da herança que a gente está pra receber, ué. Esqueceu? Tem que servir pra alguma coisa.

— Não esqueci. Parece muito, amor, mas se a gente não tomar cuidado, em dois tempos acaba.

— O.k. Vou ver passagem amanhã, então.

Viramos cada um para um lado da cama e adormecemos.

Na redação, um colega está fazendo uma matéria sobre os vinte anos do desmoronamento do Palace II. Ele nos conta a respeito durante o almoço, na mesa apertada da copa. Diz que ainda há muitas pessoas esperando uma indenização. Numa foto que um antigo morador tinha escaneado e mandado para ele, o sujeito posa com a família na frente da montanha de escombros, logo após a implosão. Construíram um prédio no lugar.

O Palace I foi rebatizado e ganhou um revestimento igual ao do novo vizinho.

— Esse negócio me impressionou muito na época — digo. — Minha mãe me botou no carro e fomos ver ao vivo, antes da implosão. Chegando lá, percebemos que tinha muita gente fazendo a mesma coisa, inclusive outros pais levando os filhos.

— Cacete. Sério? Nunca tinha ouvido falar disso. Tu acha que posso usar na matéria?

— Claro. É surreal mesmo.

— E vocês chegaram lá e fizeram o quê?

— Acho que nada. Ela estacionou o carro, a gente saiu e ficou ali olhando o prédio semidesabado, os moradores desesperados, os outros curiosos. Fiquei noiado por muito tempo depois, pensando que meu prédio também podia cair ou que alguma tragédia podia acontecer do nada.

À tarde, negocio com o editor-chefe cinco dias de folga para ir a Cancún, assim poderia emendar com o sábado e o domingo e ficar uma semana completa. Ofereço, em troca, uma matéria para o caderno de turismo sobre "a verdadeira Cancún", isto é, aquela que não é frequentada pelos turistas e onde reside a população local — engrenagem humana e mal remunerada de todos os resorts de luxo. Tinha pesquisado um pouco sobre o tema na internet e a ideia parecia boa, não vi nenhum artigo publicado em veículo brasileiro a respeito e o tema me interessa.

O editor aceita minha proposta. Volto para a baia e busco passagens aéreas. Escrevo para a Ju perguntando sobre algumas datas que estava vendo, ela responde de má vontade, mas estou decidido, é algo que preciso fazer, e de preferência antes que meu filho nasça. Fecho a passagem e resolvo que vou me hospedar no mesmo hotel em que meu pai vivia, ainda que seja caríssimo, cujo nome completo, aliás, descubro agora: Sapphire Beach Resort & Spa.

* * *

Embora tenha uma matéria a terminar e outra a começar, passo o dia seguinte pesquisando sobre Cancún. Leio em algum blog que os moradores batizaram a região mais pobre da cidade de *zona atolera*, num jogo de palavras com a luxuosa *zona hotelera*.

Num artigo universitário já desatualizado, fico sabendo que a cidade de Cancún foi fundada no fim dos anos 1960. É recente, então: uma cidade sem história, construída para o turismo, cujos empregados foram se amontoando onde era possível, nas bordas daquele paraíso. E, segundo a autora, uma professora da Universidade do México, novos migrantes não param de chegar em busca de ofertas de trabalho, que já eram escassas cinco anos atrás, quando o artigo foi escrito. Os empregadores cada vez mais privilegiam contratos de curta duração, depois mandam os funcionários para um "descanso" e os contratam de novo — conseguem, assim, que eles não acumulem direitos trabalhistas.

Descubro também que os moradores locais frequentam pouquíssimo a praia: sessenta por cento dos entrevistados em um estudo relatam que só vão uma vez por ano, no máximo, e quando acontece geralmente é porque um amigo ou parente estava de visita e queria mergulhar naquele mar tão famoso. As razões principais para a baixa frequência são a dificuldade de transporte, o trabalho excessivo, as jornadas aos fins de semana e, sobretudo, o acosso dos guardas privados dos hotéis, que vira e mexe os enxotam para longe dos turistas.

Nas duas semanas entre a compra do bilhete aéreo e o voo em si, a Ju ficou com os nervos à flor da pele. Irritava-se por qualquer coisa, e mais de uma vez expressou enfaticamente sua preocupação com minha ausência. E se o bebê resolvesse nascer antes do tempo e eu não estivesse por perto? Será que eu queria mesmo perder o parto do meu primeiro filho e suas primeiras e irrepetíveis horas de vida?

Indo para o Galeão, tento esquecer essa possibilidade, que, desde que ela mencionou, vem me atormentando. Estou num táxi comum. No Rio de Janeiro, talvez imitando Nova York, eles são amarelos, embora com uma faixa azul na lateral, e não preta. Nunca entendi por que não padronizar a cor dos táxis no Brasil todo — são amarelos no Rio, brancos em São Paulo, prateados em Brasília, vermelhos em Porto Alegre e assim por diante. Lembro de achar curiosa a cor azul do táxi especial que trouxe a mim e a meu pai do mesmo terminal para o qual estou me dirigindo, hoje conhecido como terminal "antigo". Após anos morando naquele balneário mexicano, ele voltava, de improviso, para seu país.

O aeroporto internacional de Cancún está bastante cheio. A circulação é confusa, hordas de pessoas se deslocam de um lado para outro. Esforço-me para chegar à esteira das malas e ficar perto do início, para evitar que alguém pegue a minha por engano. O tempo passa e nada. Não reconheço mais os passageiros à minha volta, olho para a tela e reparo que já anuncia outro voo, de onde devem ter saído. Dirijo-me ao setor de bagagens extraviadas, com receio de perder o horário da van do Sapphire que viria buscar a mim e a outros hóspedes em poucos minutos. O funcionário faz algumas chamadas no rádio, procura no depósito atrás de si, mas não tem sucesso. Diz que deve ter ficado no Brasil, me dá um voucher de cem dólares e avisa que entrarão em contato quando a mala chegar, provavelmente só amanhã.

Para sair, é obrigatório passar pelo duty-free. Aproveito para comprar sunga, bermuda e camiseta. Acabo demorando demais na fila do caixa e, por isso, tenho de apertar o passo em direção ao estacionamento, onde, segundo o e-mail que recebi do hotel, a van nos esperaria. De longe, vejo as pessoas entrando, começo a correr e chego no momento em que o motorista ia dar partida. Consigo, por sorte, sentar na janela, pedindo licença a alguém que escolhera ficar no assento que dá para o corredor.

Após percorrermos uma área verde, chegamos à orla turística. Reparo que muitos hotéis adotam uma arquitetura escalonada, parecem monumentais escadarias kitsch, cuja função, além de conferir ares grandiosos ao conjunto, deve ser permitir que todos os apartamentos com varanda recebam sol direto. A van estaciona e constato que o maior exemplar dessa arquitetura é meu próprio hotel, que a leva ao extremo: são cinco "pirâmides" escalonadas para todos os lados e conectadas umas às outras ora por pontes, ora por segmentos com mais quartos, em formato trapezoidal. As pirâmides das duas pontas são as mais exclusivas, um homem comenta na van, em inglês; dirige-se à esposa, porém fala alto, orgulhoso, de modo a tornar público que se hospedaria numa delas. Quando criança, achei o hotel gigantesco, mas às vezes a nossa impressão infantil é exagerada, e, se voltamos ao mesmo lugar já adultos, a realidade não corresponde à lembrança. Mas não é o caso do Sapphire: o conjunto me impressiona novamente.

Na recepção há uma placa que diz que ali já se hospedou um rei da Espanha. Faço check-in, explico a situação da minha bagagem, para que ficassem a par, e resolvo dar uma volta geral antes de subir para o quarto. A visão do imenso átrio interno também corresponde à minha recordação: a luz que vem da claraboia piramidal, as plantas pendendo dos parapeitos dos corredores que levam às suítes. Lembro de uma vez que, ao chegar aqui, meu pai falou que seria divertido poder escalar por aquelas plantinhas até o alto.

Logo percebo, porém, que o hotel foi todo reformado por dentro. Diversos tipos de restaurantes se espalham pelas áreas comuns — uma *taquería*, um de carnes, outro de massas, um oriental e alguns, segundo me informam, capitaneados por chefs estrelados, incluindo um de comida mexicana contemporânea. A estadia é *all-inclusive*, mas há diferentes níveis da modalidade: minha tarifa, por exemplo, não inclui bebidas alcoólicas, esses restaurantes refinados e nem o uso dos bangalôs da praia. Há também uma academia com uma infinidade de aparelhos e espaços de recreação infantil, para todas as idades, inclusive um berçário. Um spa completa os serviços oferecidos, com massagens, banhos e relaxamentos.

Saio para a parte externa e dou com a piscina em formato de diamante, de que tanto me recordo. Permanece igual, talvez com azulejos novos, mas hoje há um bar acoplado a ela, acessível mesmo para quem está dentro d'água, e umas ilhas de comida em volta. Mais adiante e anexo ao hotel há um novo bulevar de lojas, um corredor ao ar livre com grifes famosas e marcas de roupa menos conhecidas. Volto à recepção e saio para o outro lado, que dá para a avenida principal. À direita há um campo de golfe, que notei quando a van chegava e do qual não me recordava, e no horizonte em frente vê-se a grande lagoa. Como reparei antes no Google Maps, enquanto pesquisava sobre a região, essa configuração entre o mar e a lagoa transforma boa parte da zona hoteleira numa compridíssima e estreita faixa de terra, uma espécie de restinga gigante.

Subo para o quarto e conecto meu celular ao wi-fi. Mando uma mensagem para a Ju avisando que cheguei bem e que já estava instalado. Ela responde na hora: me deseja uma boa estadia e passa a lista de produtos que queria do duty-free, como havíamos combinado.

Ligo para a recepção e agendo uma massagem para o fim

da tarde. Visto a sunga e o short que se salvaram, desço, almoço uns tacos e em seguida caminho apressado até a piscina — de repente me dou conta de que estava ansioso para mergulhar.

A tarde está quente e o céu, sem nuvens. Peço um *mojito* no bar e observo os outros hóspedes. Há muitas famílias com crianças, casais jovens em lua de mel e também homens que parecem executivos, com namoradas muito mais novas que eles. O atendente do bar, que deve ter no máximo vinte anos, chega trazendo meu drink. Puxo conversa com ele, lançando mão do espanhol que aprendi na escola e em um ano de curso extracurricular na faculdade. Depois de abordar o clima — quis saber se ficava assim o dia todo ou se costumava chover no fim da tarde —, pergunto onde ele mora. O rapaz parece surpreso, talvez nunca tenha sido questionado a respeito disso, ao menos ali.

— Aqui mesmo, em Benito Juárez.

— Ah — finjo entender. — E quanto tempo você leva para chegar ao hotel?

— Uma hora e meia, mais ou menos.

— Nasceu em Benito?

— Sim. Mas por que o senhor pergunta?

— Sei lá, sempre tenho curiosidade de saber de onde as pessoas são.

— Ah, certo. Sou daqui, sim. Minha mãe veio para cá quando estava grávida de mim. Ela é maia, de Quintana Roo mesmo.

Olho para o relógio, faltam cinco minutos para a minha massagem. Agradeço pelo drink e me despeço. Ao me dirigir para o spa, passo por algumas ilhas de comida perto da piscina, que pelo visto ficam ali vinte e quatro horas por dia servindo petiscos e cachorro-quente. Pego um e como andando, meio desajeitado.

Volto ao quarto relaxado e, ao mesmo tempo, excitado. A massagista era uma chinesa muito bonita, que falava no máximo três palavras de espanhol. Masturbo-me rapidamente no banheiro, depois sinto-me estranho ao lembrar da Ju, grávida e sozinha no Rio. Abro meu computador na cama e dou um Google em alguns nomes que guardara da conversa com o garçom no bar.

Descubro que Benito Juárez é o município que engloba Cancún, e que Quintana Roo é o estado no qual está localizado — um dos trinta e um estados mexicanos, número que me parece alto para um país de dimensões medianas. Maia, que para mim era apenas uma civilização histórica, é a cultura e o idioma que a mãe do atendente falava, uma das muitas línguas nativas mexicanas que, como o *tzotzil*, o *tzeltal*, o *náhuatl* e o *zapoteco*, corre risco de desaparecer.

Adormeço com o computador em cima da barriga, levanto no meio da madrugada para fazer xixi, meu pau está duro, me masturbo mais uma vez imaginando a massagista e aproveitando o estado entre o sonho e a realidade em que me encontro, típico das vezes em que se acorda a essa hora. Fecho o computador e volto a dormir.

Após o café da manhã, que oferece uma infinidade de opções de pães, frutas, frios e pratos quentes, ligo para a companhia aérea em busca de notícias da minha bagagem. Dizem que devo esperar mais um pouco, no fim da tarde entrariam em contato comigo. Decido alugar um carro, a recepcionista arranja tudo para mim. Minha ideia é percorrer a zona hoteleira, continuando da direção que viera desde o aeroporto.

Minha intuição sobre as arquiteturas escalonadas se confirma: desfilam à minha direita muitos outros hotéis que adotam aquela forma. A faixa de terra se alarga em determinado momento, e vejo pelo menos dois grandes shoppings passarem à esquerda, do outro lado da avenida. Depois, afina de novo e faz uma curva acentuada, numa ponta que avança sobre o mar. Há também boates, condomínios de luxo, marinas e campos de golfe. Atrás de todas essas construções do lado esquerdo, a imensa lagoa ainda se fazia presente. Mais uns minutos e o bulevar Kukulcán faz uma curva em direção ao continente, passando por mais um shopping, avança em forma de ponte por uma zona de vegetação de mangue — será que foi aqui o passeio de jet ski que fiz com meu pai? — e desemboca numa região bastante urbana, onde avisto, de cara, um hospital e alguns hotéis baratos: o início, ao que parece, da verdadeira Cancún. A certa altura, resolvo dar meia-volta e ir a um dos shoppings que vi pelo caminho.

Pessoas se deslocam freneticamente de uma loja a outra lá dentro. As primeiras que vejo são de marcas caras, como Fendi, Salvatore Ferragamo, Armani. Descubro que estou na "Luxury Avenue", talvez um anexo construído depois. O restante do lugar tem lojas mais modestas, uma praça de alimentação média e o chamado Museu Sensorial da Tequila, que inclui esculturas de caveiras vestidas com roupas típicas e uma pequena réplica de uma destilaria. Ao fim da visita, oferecem uma degustação. Compro, no impulso, uma garrafa da que me dizem ser a melhor de todas as tequilas. O grupo em que eu estava se afasta, chamo o guia à parte e faço a ele a mesma pergunta que dirigi ao bartender do hotel. Ele me explica que ninguém gosta muito de falar disso. A "verdadeira Cancún" — repete, fazendo aspas com os dedos, o termo que falei sem querer — é um mundo, são quarteirões a perder de vista habitados por diversas camadas sociais, da classe média àqueles que vivem na mais completa pobreza. Ele, por sorte, diz, mora numa região em que há luz, esgoto e água encanada, mas há muitos bairros sem esses serviços básicos, inclusive alguns mais antigos. Há os que habitam casas precárias mesmo, feitas de pedaços de madeira, no meio da mata. Outro grupo chega, ele precisa atendê-los. Despede-se mas permanece plantado à minha frente, a mão estendida mesmo após o cumprimento. Entendo enfim e tiro da carteira uma nota de cinquenta dólares, agradeço e volto a andar pelo shopping.

Mais à frente, há uma pequena galeria de arte. A exposição em cartaz chama-se Maya: Lapsos y Nostalgia. Penso em minha breve pesquisa na internet sobre a origem da mãe do atendente do bar, e o título soa irônico — como se o curador já antecipasse o fim daquela cultura, da qual se recorda nostálgico, reconhecendo que o que resta dela são apenas lapsos.

Rumo à praça de alimentação, passo pela cúpula da entrada principal do shopping, um enorme vitral semiesférico, predominantemente azul, com motivos maias ou astecas coloridos. A praça está movimentada. Sento a uma mesa e fico um tempo observando. Noto que a meu lado há um grupo de pessoas que parecem funcionários de lojas do shopping, algumas levam uma plaquinha com seu nome no peito, outras vestem uniformes. Almoçam e conversam em voz baixa. Peço licença e desculpas por interromper. Digo que sou jornalista, que estou fazendo uma matéria sobre onde mora a maioria dos trabalhadores dos equipamentos de lazer da cidade, e pergunto se posso conversar um instante com eles. Todos me olham de lado, já haviam terminado seus pratos e então, sem dizer nada, se levantam e vão embora, um de cada vez.

Levanto, esquecido de que fora lá para comer algo, dou mais uma volta pelo outro andar do shopping e vou buscar o carro no estacionamento ao ar livre. Há uma moça fumando, parece ser uma das que estavam na praça de alimentação. Aceno de longe, caminhando devagar, e vejo que ela começa a vir na minha direção. Posta-se à minha frente e tira o cigarro da boca:

— Ninguém aqui é animal de zoológico. Vocês gringos são todos uns filhos da puta.

— Desculpe, não quis ofender.

— Volta pra sua cidade, então. Se for ficar, se comporta

como um turista, assiste às dancinhas, visita as pirâmides, torra na praia, se acaba na balada, come as putas todas. Mas não enche o nosso saco.

— A matéria pode ser boa pra vocês. Quem sabe o governo faz algo, vai saber.

— Ah, claro, por causa de uma matéria num jornal brasileiro. *No mames.*

Ela joga a bituca do cigarro no meu tênis e volta para dentro do shopping sem dizer mais nada.

Dirijo um pouco atordoado, revivendo o diálogo com a moça e com o estômago roncando. Já passa das quatro da tarde. Meus olhos começam a ficar embaçados à medida que aquelas mesmas construções passam. O céu está cinza-chumbo e logo começa a trovejar e chover. As paletas do limpador do para-brisa devem ser antigas, deixam muita marca de água atrás de si, dificultando ainda mais a visão. No que parecia uma bifurcação, pego à direita e bato num carro que estava estacionado: entrei sem querer num bolsão de vagas. Saio para olhar o estrago, o farol direito do meu carro quebrou e a lanterna do outro está estilhaçada no chão. Os cacos de vidro vermelho se acumulam numa poça d'água formada por um buraco nos paralelepípedos. Tomo muita chuva, e nem sinal do dono do outro veículo. Volto ao meu carro ensopado, mas ao menos a chuva me despertou. O temporal aperta mais, dirijo devagar, mantendo-me à direita na pista, até que enfim avisto o campo de golfe do Sapphire.

Resolvo comer no restaurante de carnes, o Beach Grill, que não fecha entre o almoço e o jantar. Sento-me no balcão, com vista para a *parrilla*. Estou todo molhado, um pouco esbaforido; a fome é tanta que nem subi para me trocar. Peço um bife ancho com batatas na brasa, e o churrasqueiro puxa conversa comigo. É um homem de mais ou menos cinquenta anos, bem mais velho que todos os garçons e funcionários que vi até agora, sempre muito jovens. Aproveito para repetir, depois de alguns comentários sobre o tempo e os últimos dias, as perguntas sobre onde mora e o tempo que leva para chegar aqui, que não deixam de surpreendê-lo também.

— E há quantos anos trabalha no hotel? — acrescento em seguida.

— Vinte e cinco — diz. — É uma vida inteira.

— Caramba.

— É, já vi muita coisa. Você, que é brasileiro, sabia que em 2016 a Petrobras fechou o hotel todo para um evento com três mil funcionários deles?

— Nossa, não.

— Pois é. Você quer uma toalha, rapaz?

— Não precisa, já vou subir.

— Como preferir. Está aqui a passeio?

— Sim, quer dizer, mais ou menos. Meu pai morou aqui no hotel por quatro anos. Mas isso já faz duas décadas. Eu vinha visitá-lo todo ano. E agora estava precisando sair do Brasil por um tempo, mudar de ares, e resolvi voltar aqui, relembrar como era tudo.

— Não diga. Será que conheci seu pai?

— Eu adoraria saber. O nome dele era Luiz Afonso. Um homem alto e largo, andava meio se arrastando, inclinado para um dos lados. Cabelo grisalho, sem barba. Era consultor financeiro.

— Não estou me lembrando. Eu era copeiro, na época, não ficava muito no salão. Era muito jovem. Mas quem pode saber disso é o Bira. Está aqui há mais tempo do que eu, é o mâitre do El Viento, um dos restaurantes refinados do hotel. E é brasileiro.

Agradeço ao mesmo tempo que meu prato chega. Devoro as batatas e a carne, que estava saborosíssima, e peço a conta.

— Mande saudações para *tu viejo*.

— Obrigado. Mas infelizmente ele faleceu este ano.

— Ah, senhor, me desculpe. Mil perdões.

Vou até o spa e pergunto se poderia fazer outra massagem. Há um horário para logo mais, aceito, porém entro na sala e descubro que é um massagista homem, um sujeito mais velho, de baixa estatura. Fico um pouco frustrado, mas a massagem é boa. Volto para o quarto, tomo um banho demorado e desabo cedo na cama.

Sonho que estou em Cancún com meu pai. Estamos dentro da piscina em formato de diamante. Ele sai da água, dirige-se ao trampolim e se prepara para saltar. Olho para baixo e vejo que de súbito a água da piscina secou — sem maiores explicações, estou pisando nos azulejos do chão. Corro para tentar avisá-lo, mas não alcanço a escada e quando vejo ele já está saltando. Acordo assustado, instantes antes do impacto. São três da manhã. Viro para o lado, tento pensar em outra coisa, mas a imagem insiste em voltar. Só consigo dormir de novo quando o dia já vai amanhecendo.

Instigado pela conversa de ontem com o churrasqueiro, sinto uma urgência de colher mais informações sobre a vida do meu pai aqui, e talvez, por que não, tentar encontrar Juan. Chego ao El Viento meio-dia em ponto, imaginando que assim seria um dos primeiros clientes, já que não era o tipo de restaurante a que pais levavam crianças e, pelo que pude perceber, quem não tinha filhos almoçava mais tarde. Um garçom vem até mim, peço um copo d'água e pergunto pelo mâitre.

Bira fala um português embolado, de quem vive há muito tempo fora do Brasil. Mistura algumas palavras em espanhol no meio sem perceber. É bastante lacônico, parece um pouco irritado com a minha conversa, como se tivesse mais o que fazer. Não pergunto onde mora, nem quanto tempo leva para chegar ao trabalho; vou direto ao meu novo objetivo:

— Bira, o senhor do Beach Grill me falou de você.

— O Antonio, aquele animal?

— O churrasqueiro.

— É um troglodita, já deviam ter se livrado dele.

— A carne estava boa…

— Rá. Compram carne de primeira aqui, tem que ser muito imbecil pra estragar.

— Meu pai morou aqui neste hotel por quatro anos.

— E o que tem seu pai?

— É o motivo pelo qual estou aqui, falando com você.

— Quando você disse que foi isso?

— Uns vinte anos atrás. Ele faleceu este ano, e estou escrevendo suas memórias — minto. — Queria muito encontrar alguém que o tivesse conhecido naquela época.

— E como se chamava?

Repito seu nome e a descrição que dera ao churrasqueiro.

— *Momentito*, deixe-me pensar.

— Pode me trazer o couvert? Se possível com uma manteiguinha para o pão.

Bira não responde e vai até a entrada do restaurante, com uma expressão de desgosto ou de tédio. Dali, fica observando o movimento, como se esperasse alguém que está por chegar. Ninguém vem. Talvez estivesse só pensando. Ele volta até minha mesa com a cesta de pães e os acompanhamentos. Rasgo um pedaço do pão e corto um naco de manteiga, que estava dura. Bira assiste a tudo parado a meu lado, em silêncio.

— No último ano em que esteve aqui, um cara chamado Juan andava com ele. Mexicano, alto, moreno, com o cabelo raspado — insisto, depois de engolir o pão.

— O sr. Luiz, é claro. Agora me lembrei. Naquele tempo este lugar não existia, tínhamos apenas um restaurante que servia todas as refeições, eu era garçom lá. Mas lembro que ele sempre deixava gorjetas generosas.

— Você sabe mais alguma coisa da vida dele aqui? O que fazia?

— E como iria saber, rapaz? São tantos hóspedes. Os funcionários comentavam que ele morava aqui, e que devia ter muito dinheiro para bancar isso. Na época não era tão caro como hoje, e eles tinham, se não me engano, um plano para quem queria usar o hotel como flat. Mesmo assim, devia ser bem salgado.

— E do Juan, você sabe algo?

— Por acaso, sim. Foi por causa dele que me lembrei do seu pai. Esse caboclo morava perto de mim até eu me mudar, alguns anos atrás. Chamavam ele de Sina.

— Sina?

— Era o apelido que tinham arrumado pra ele, porque nasceu e cresceu em Sinaloa, um estado que fica bem longe daqui.

— Certo.

— Morávamos em Delfines. Era uma região razoável. Mas hoje estou num bairro melhor, mais perto da lagoa.

— E você nunca mais o viu?

— Não. Aqui, diziam que ele era um facilitador.

— Facilitador?

— É, arrumava o que você quisesse. Putas, drogas, comida, helicóptero, o que fosse.

— Achei que ele fosse uma espécie de guarda-costas do meu pai.

— Pode ser também, não é impossível. Tinha vários clientes no hotel, conhecia as recepcionistas e os guardas, que deixavam ele circular livremente. Mas esse pessoal todo já não está mais trabalhando aqui.

— Entendi. Bom, muito obrigado.

— E vai almoçar ou veio só conversar?

— Sim. Quero o que você sugerir.

— Aqui não tem muito isso. Toma o cardápio, quando quiser pedir chama o garçom, certo?

Bira se afasta e sai do meu campo de visão. Como o pato com risoto de açafrão, que estava um pouco salgado demais, volto ao quarto e pesquiso mais sobre os lugares que Bira mencionara. A ideia de encontrar Juan me anima e ao mesmo tempo me aterroriza. Como estaria hoje? Continuava sendo um facilitador? Decido deixar para procurá-lo no dia seguinte. Ligo de novo para a companhia aérea, outro funcionário me atende e diz que não encontra o processo no sistema. Minha vontade é gritar ao telefone, mas como sempre me retraio, digo apenas que preciso muito das minhas roupas, o rapaz pede mil desculpas e sugere que eu vá ao escritório deles para tentar resolver pessoalmente.

Fica numa espécie de centrinho, perto do hospital que vi ontem, no breve vislumbre que tive do que chamo de a verdadeira Cancún — e este nome também começa a soar artificial para mim. Há uma série de pequenos blocos comerciais, construções cinza repletas de lojas, cada uma com seu outdoor colorido ou neon. Demoro procurando vaga no entorno, está tudo ocupado, até que encontro uma, bastante apertada. Fazer a baliza ganha contornos épicos — o carro é sedan, o que me deixa ainda mais inseguro. Alguns minutos depois consigo entrar, mas o automóvel fica bastante longe do meio-fio. Resolvo deixar assim mesmo, tranco as portas e entro na loja.

O local serve de escritório para a companhia aérea, e o dono deve aproveitar para vender por conta própria pacotes de turismo, como anunciam os muitos pôsteres nas paredes. Uma mulher grávida está sentada perto da entrada, abanando-se para espantar o calor, já que não há ar-condicionado dentro. Pego uma senha, sento em frente a ela e logo começo a suar muito também. Fico com as costas encharcadas, pego papel toalha no banheiro e coloco entre a camiseta e a minha pele, para tentar absorver um pouco a umidade. O painel apita mais uma vez e é meu número. Sentado diante do atendente, percebo que esqueci dos papéis e vim deixando um rastro pelo chão. Cato um a um, com vergonha, e volto ao guichê.

O funcionário é tão jovem que começo a tratá-lo por "menino". Parece assustado com meu problema, procura uma e outra vez no computador e faz cara de quem não encontrou uma informação que era para estar disponível. Telefona para seu supervisor — que deve estar em casa, sem camisa, uma cerveja gelada na mão. Fala baixo, me olha de relance o tempo todo, desliga e me comunica que devo voltar no dia seguinte, estão fazendo o melhor que podem para solucionar minha questão.

— Melhor é o caralho! — digo, em português mesmo, e me assusto com a minha reação.

Meu pai nunca falou palavrão em casa, minha mãe muito menos, e sempre vi os dois olharem com reprovação para quem o fazia; a adolescência na igreja ajudou a sedimentar em mim esse hábito de nunca dizer nada assim, mas ultimamente andava soltando alguns, em momentos de raiva, embora quase sempre sozinho, no carro ou no banheiro: depois das primeiras vezes, percebi e comecei a aproveitar o potencial catártico que aquilo tinha para mim. Dirigi-lo à outra pessoa, porém, é novidade, e me sinto mal ao lembrar que aquele rapaz não tem culpa alguma. Sempre fui de evitar conflitos; se não é possível, tento saídas diplomáticas, ou simplesmente me calo e engulo o que for. Minha mãe diz que somatizo tudo, que ficar guardando a raiva e a mágoa deve ser o motivo para, ainda adulto, ter sinusites e dores de garganta constantes.

Levanto da cadeira sem agradecer, e antes de abrir a porta para sair reparo num cartaz que faz propaganda de Chichén Itzá. Considero uma ida até lá, traço a rota no mapa do celular, que prevê uma viagem de três horas de carro. Como ainda são duas e meia da tarde, resolvo encarar. Antes, porém, passo numa loja de roupas ao lado e compro uma calça, outra bermuda, uma camisa de manga curta e uma camiseta caras demais — estavam sem preço, só descobri quanto custavam no caixa, e fiquei sem reação.

Acelero bastante, com raiva, quando a rodovia principal surge enfim à minha frente. Lembro que da última vez que fui lá, com meu pai e Juan, paramos num restaurante de beira de estrada. Pedimos a comida e de súbito um homem, acho que funcionário da casa, se estranhou com meu pai. Juan começou a gritar com o cara e saímos apressados. Seria bom encontrar esse restaurante, penso, mas é impossível recordar seu nome, muito menos o aspecto que tinha; devia ser uma dessas construções genéricas ao longo da via expressa.

Desvio dos inúmeros ônibus fretados para chegar à entrada do parque, que é uma confusão: turistas aos berros exigindo ser atendidos, bebês chorando, funcionários tentando falar mais alto e ordenar as filas. Descubro que por pouco não pude fazer a visita: as entradas se encerram às seis da tarde, mas pode-se ficar lá dentro até as sete.

Enquanto o guia explica que este é o mais importante sítio arqueológico sobrevivente dos maias, que serviu de centro religioso para todo Yucatán etc., decido ir adiante sem esperar o grupo, seguindo o pequeno mapa que peguei na bilheteria. Vou até a famosa pirâmide de Kukulcán, ou "O Castelo", e a primeira coisa que percebo é uma cerca baixa em volta dela, delimitando todo o perímetro. Perto de uma das cabeças de serpente que encerra a escadaria há uma placa que diz NO SUBIR. De imediato me vem à mente a foto que Juan tirou de mim com meu pai, eu tinha subido alguns degraus e o sol estava muito forte. A proibição deve ser posterior, pois lembro que fui até a metade, meu pai continuou com certo esforço até o final e, embora me chamasse lá de cima, eu não quis ir. Fiquei sentado onde estava, ele desceu irritado, bufando. Não falou nada, mas devia estar mais uma vez frustrado comigo: sempre quis que fosse aventureiro como ele, porém eu nunca me empolgava do mesmo jeito e, se uma coisa apresentasse algum risco, ainda que mínimo, não o seguia.

Visito algumas outras construções do complexo histórico, o Observatório e o Templo dos Guerreiros, e quando vejo está na hora de sair.

Tomo um banho no hotel, o dia estava quente e suei muito. Alguém tinha me dito para ir ao Coco Bongo, uma boate que deve sua fama a uma aparição no filme *O Máskara*, sobre um sujeito pacato que encontra uma máscara e com ela se transforma num tipo extrovertido, com superpoderes e o rosto verde. Resolvo que tenho de sair pelo menos uma noite, visto uma roupa limpa e peço um táxi na recepção.

A boate fica dentro de um shopping. Há uma fila enorme para entrar. O caminho passa por dentro da boca do Máskara, um portal que reproduz a cena em que Jim Carrey avista uma deslumbrante Cameron Diaz cantando no palco: seu queixo literalmente cai em cima da mesa e a língua se desenrola para fora, na forma de um longo tapete vermelho. Mais adiante há uma escultura de dois metros e meio do personagem, ao lado de um Beetlejuice na mesma escala. Algumas pessoas fazem selfies com ambos atrás de si.

A maior parte dos frequentadores é de turistas, ao que parece. Talvez haja moradores também, tentando flertar com as gringas. As garçonetes, quase nuas, param aqui e ali para servir bebida direto na boca de bandos de machos que se deslocam juntos. Outro grupo tira fotos com um anão, atração do local. O Coco Bongo vai enchendo bastante, fica difícil de caminhar. Pego algo para beber, tento andar mais e volto ao bar; repito esse procedimento algumas vezes. Pensei que poderia fazer ali alguma entrevista para a matéria, mas consigo apenas travar uma breve conversa com o barman. Percebo logo que será impossível seguir perguntando: bartenders, garçonetes e outros funcionários, todos trabalham num ritmo alucinado. Após o quarto drink, paro perto do palco principal. Há uns mezaninos em volta, construídos para puro exibicionismo de quem quiser subir e dançar à vista do público. Tudo, sempre, muito colorido. Começa o show principal da noite, um musical que remete ao filme que deu fama à boate.

O show termina e a música aumenta em volume e intensidade. Uma mulher loira se aproxima de mim, dançando e me encarando. Me mexo um pouco, nunca tive jeito para dançar. Quando ela já está muito perto, vejo os sorrisos espasmódicos, os lábios amolecidos que revelam a embriaguez. Sorrio de volta e me viro para caminhar na direção contrária.

Não ando dois metros e sou barrado por um homem alto, que me encara, furioso, com os braços cruzados. Não é um segurança, ao contrário da minha suposição inicial, pois não vejo crachá ou qualquer elemento de identificação. Descubro que a loira continuou me seguindo e agora, parada atrás de mim, olha para o sujeito com uma expressão amedrontada. Em português, berrando, ele diz que a moça está com ele. Tento raciocinar rápido e respondo em espanhol, fingindo não entender o que ouvia. Ele repete sua fala, sobe ainda mais o tom, e quando faço menção de oferecer uma tréplica sinto um golpe forte no rosto e caio no chão. As pessoas se afastam para observar a ação, que agora ocupa o meio de um círculo vazio, formado onde antes parecia impossível andar sem esbarrar em alguém. O homem ainda me dá três chutes nas costelas antes de ser contido pelos seguranças e expulso da boate.

A clareira aberta se fecha rapidamente. Algumas pessoas me ajudam a levantar, perguntam se está tudo bem. Encosto a mão perto da boca e vejo em meu polegar o sangue recém-saído dali. A provável namorada ou ex-namorada do homem está dançando de novo, não longe de mim, como se nada tivesse acontecido. Logo, todos que demonstraram preocupação comigo já estão também entregues à música.

Tento ir embora, mas não consigo avançar muito por conta da lotação. Pego carona num cordão humano que parecia ir em direção à saída, liderado por um guia com pinta de mexicano. Devem ser funcionários de uma mesma empresa — ou "colaboradores", como se usa hoje em dia —, desfrutando de uma viagem-prêmio que ganharam por seu excelente desempenho. Alguns aparentam estar desesperados para sair logo daquele lugar; outros, ao contrário, soltando-se do cordão, afirmam que querem ficar mais e que voltarão por conta própria mais tarde. São brasileiros, todos. Uma pessoa esbarra em minha costela sem querer, sinto uma dor intensa e me curvo para a frente. Perco o bonde, mas por sorte já estou perto do caixa. Entro na fila, ainda pequena, pois a maioria das pessoas deve ir embora perto do amanhecer, e a seguir saio pelo portal com a forma da boca do Máskara.

Entro num táxi, digo o nome do hotel e deito no banco de trás para o lado esquerdo, o que mais dói. Levanto a camiseta para encostar meu tórax no assento de couro gelado pelo ar-condicionado. O motorista ouve meus grunhidos e pergunta se preciso de algo, se quero ir a um pronto-socorro ou passar numa farmácia. Sussurro que não e adormeço. Sou acordado quando chegamos à portaria do hotel, abro os olhos e vejo o valor no taxímetro, o dobro do que paguei na ida. Não o questiono e, num ato absurdo porém totalmente compatível comigo, ainda recuso o troco antes de sair do carro, deixando uma generosa gorjeta.

5.

Deveria se sentir mais seguro, agora que está na oitava série e sua turma é a mais velha da escola, sem ninguém acima. Mas não é o caso, ainda que seu medo de uma possível retaliação de Patrícia, falando mal dele ou revelando algo constrangedor, não tenha se confirmado. Após o término do namoro, a reação dela foi de ignorá-lo sumariamente todos os dias — se contou para alguma amiga sobre o ocorrido, nada tinha vazado, e já se passou quase um ano. Ela, aliás, está namorando outro colega, que entrou na escola este ano e parece um adulto, tem barba e tudo.

Alguns meses atrás, Joel passou a usar letra de fôrma para fazer suas anotações em sala. Viu num programa de tevê com a mãe um arquiteto que escrevia assim, achou legal e resolveu copiar. Mas nas provas ele ainda usa a antiga letra cursiva, com medo de que os professores não entendam ou não percebam a diferenciação entre maiúsculas e minúsculas, que de fato é sutil, e tirem pontos por isso. Também treina a assinatura que inventou: um jota grande, do qual sai uma linha comprida para o lado, e em cima desta vai o restante do nome e o primeiro sobrenome, herdado da mãe, que prefere ao do pai.

Está na casa de Clara para o último trabalho coletivo do semestre. São os quatro de sempre, os quatro que, do novo grupo do qual fazia parte, ficaram mais próximos: a anfitriã, ele, Madalena e Danilo. Estão fazendo um vídeo sobre o movimento do sistema solar usando isopores esféricos de diferentes tamanhos, que pintaram meio toscamente e espetaram em palitos de churrasco. Danilo é o apresentador do fictício programa de curiosidades científicas, Clara e Joel montaram o roteiro, Madalena cuidou da logística e da produção e Joel também é o cameraman. Ele treme um pouco, pede que repitam uma cena, e Danilo se impacienta:

— Segura direito essa bosta, porra!

— Espera, vou colocar um apoio aqui — Joel responde, com a voz vacilante.

Quando terminam, Clara sugere que desçam para andar de bicicleta. O condomínio dela disponibilizava bikes para quem quisesse, então todos poderiam pedalar. Os outros concordam, menos Joel, que tenta disfarçar, ponderando que o dia estava nublado e podia chover. Entretanto, como os amigos estão muito animados, acaba por confessar que não sabe andar de bicicleta. Danilo dá uma gargalhada, Madalena abafa a própria risada tapando a boca com as mãos e Clara, embora também ria, é mais simpática: diz que tudo bem, que podem fazer outra coisa.

A mãe tentou ensiná-lo a andar de bicicleta quando era menor. Contudo, por estar sempre querendo evitar os meninos do condomínio, ficava chateado com a demora para aprender e envergonhado com as quedas, olhava ao redor o tempo todo para ver se tinha alguém o observando. Como ela tampouco insistiu muito, Joel acabou por desistir.

Na penúltima vez em que foi a Cancún — ele lembra, enquanto Clara zapeia a estante em busca de uma fita VHS para verem —, o pai alugou um par de bicicletas para andarem pela pista exclusiva da orla. Por um momento Joel não entendeu o que acontecia, depois percebeu que ele talvez não soubesse de seu segredo. Ao lado do pai, cada um montado em sua bicicleta, experimentou dar algumas pedaladas. Caiu duas vezes seguidas no chão. O pai, que já estava muitos metros adiante, gritou algo que Joel não ouviu, deu meia-volta, tomou a bicicleta de sua mão e a devolveu à loja. No carro, voltando para o hotel, ainda muito irritado, perguntou se o filho queria tentar uma com rodinhas na próxima vez. Joel se manteve calado, e faz o mesmo agora, enquanto espera que os amigos decidam a que filme assistirão.

Está sozinho em casa, é sábado à noite. A mãe saiu para jantar com umas amigas e disse que demoraria. Sintoniza a tevê da sala no canal de filmes de ação e suspense. Está começando um, chamado *Epidemia*. Um macaco é capturado clandestinamente na África para ser vendido nos Estados Unidos. Mas ele carrega um vírus novo, mortal, que se espalha por toda uma pequena cidade da Califórnia. Contaminadas pelo vírus, as pessoas morrem em menos de vinte e quatro horas. A cidadezinha é posta em quarentena e muitos são infectados, inclusive alguns da equipe médica que trabalhava para achar a cura. Por fim, alguém consegue encontrar o macaco que primeiro transmitiu o mal, e uma vacina é produzida a partir de amostras de seu sangue.

Joel vê os créditos e os anúncios. Na sequência, entra um filme pornô. Sua experiência com pornografia se limitava a algumas revistas que Danilo vez ou outra levava para a escola e uma única que ele guardava em casa, comprada num dos dias mais embaraçosos de sua vida, no fim do ano passado. Estava com a mãe no carro, voltava da aula de inglês, quando ela perguntou se ele sabia o que era sexo. Claro que sim, respondeu, dando de ombros, e ela então parou o carro numa esquina e disse que poderiam comprar uma *Playboy*, se ele quisesse. Ele assentiu com a cabeça, os dois se dirigiram à banca de jornal, a mãe se adiantou e pediu a revista ao vendedor. Joel especificou que queria a da Feiticeira — tinha visto a capa dessa edição na mão de um colega na escola. No restante do trajeto não falaram nada, e nunca mais tocaram no assunto.

Mas essa é a primeira vez que vê pornografia em movimento. Fica paralisado e excitado como nunca. Põe a mão dentro da bermuda, mas logo ouve o barulho da chave na fechadura. Troca rápido de canal e pousa uma almofada em cima das coxas para disfarçar.

— Acordado ainda, filho?

— É, estava sem sono.

— Vendo o quê?

— Um filme sobre uma epidemia nos Estados Unidos. Acabou agora e estava procurando outra coisa.

— Quer comer algo?

— Não, fiz um sanduíche depois que você saiu.

Joel levanta, escova os dentes e vai para a cama. Vira de bruços, fricciona o pinto ereto contra o colchão, em movimentos repetidos, mas nada acontece. Já completou catorze anos e a puberdade não chegou. Deveria mencionar algo para os pais, talvez ir ao médico?

Na aula de biologia, no dia seguinte, o professor ensina sobre doenças sexualmente transmissíveis. Mostra como se coloca uma camisinha masculina e Joel presta muita atenção, nunca tinha visto aquilo. Exibe também um preservativo feminino, novidade para todos, ainda em fase de testes no Brasil. Já ouvira falar de aids, mas não de herpes genital, vírus do papiloma humano, sífilis, gonorreia. As imagens no livro didático, ainda que sejam desenhos, lhe dão calafrios. O professor observa que todas as DSTs são causadas por vírus ou bactérias, mas diferem de gripes, pneumonias, conjuntivites, catapora etc. pelo tipo de transmissão — a dessas últimas se dá pelo ar ou pelo toque em superfícies contaminadas.

Joel se fixa nessa última informação e, a partir de então, passa o tempo todo traçando mentalmente os caminhos da sujeira: no ônibus do condomínio, pensa em todas as pessoas que já encostaram na barra superior, no banco, no apoio para o braço, nas paletas das saídas de ar-condicionado. Teriam encostado em algo contaminado, deixando resíduos ali? Lava as mãos assim que chega à escola, antes de subir para a aula. Tenta sentar na mesma carteira, para ser o único a usá-la. Evita, por exemplo, encostar a mão no balcão da cantina e na caixa onde depositam a caderneta na entrada. Sai de perto se alguém espirra ou tosse a seu lado. De repente, o mundo se tornou uma enorme ameaça de micróbios.

A frequência das viagens da mãe tem aumentado. Ela repara que Joel anda murcho, adquirira um tique de coçar o nariz enquanto fala e não para de lavar as mãos. Pergunta se está tudo bem, se ele quer conversar com ela, ou com alguém.

As férias de julho começaram, é domingo, dia de ir à igreja. Ultimamente, ao fim do culto, uma menina vem sempre convidá-lo para ir à reunião de jovens aos sábados. Os únicos motivos para sua recusa são preguiça e vergonha, mas negar o convite repetidas vezes o deixa desconfortável.

Chegam um pouco atrasados, ele pede à mãe para sentarem à esquerda, longe do pessoal mais jovem, que sempre fica nos bancos do outro lado. Ainda assim, quando já estavam perto da porta de saída, a menina o aborda de novo. Chama-se Elisabete, deve ser mais velha que ele, mas não muito, e parece que nunca vai desistir. A mãe sorri, Joel olha para o chão e agradece mais uma vez.

— Por que você não experimenta, um sábado? — a mãe fala, já no carro.

— Sei lá, não estou a fim.

— Pensa com carinho. Pode ser bom pra você encontrar uma turma nova.

— Tá, vou ver.

Após uma semana bastante monótona em casa — Marcelo estava viajando, Danilo também —, Joel diz à mãe que quer ir ao grupo de jovens da igreja. Ela tenta conter a alegria e diz para ele se vestir, que o levaria até lá.

Chega uns minutos antes do início. Alguns grupos conversam do lado de fora, Joel passa por eles e entra no salão — um recinto menor, anexo ao espaço principal usado nos cultos dominicais. Elisabete, que está perto do púlpito, o avista de longe e acena; ele balança a mão de volta, tímido. Senta num dos últimos bancos de madeira, que está vazio, e desliza para perto da parede à esquerda.

A reunião inicia com o que parece ser o líder do grupo falando. Atrás dele há uma pequena banda, com baixo, guitarra, teclado e bateria, pronta para tocar.

— Boa noite, galera. Hoje vamos fazer um louvorzão, então não vai ter pregação, beleza? Mas vamos orar antes. Deus, abençoa esse nosso encontro aqui, abençoa todo mundo que já chegou e quem está chegando. A gente quer sentir a tua presença. Em nome de Jesus, amém.

Algo acontece dentro de Joel conforme as músicas vão sendo tocadas. Não conseguiria explicar bem o que sente. São canções diferentes das de domingo, todas parecem mais carregadas de emoção e significado. Por alguns minutos se sente em casa, como se aquele ambiente já fosse, de alguma maneira, familiar.

A reunião termina e Elisabete vem ao seu encontro. A sensação de familiaridade passa, fica nervoso de novo. Ela diz que está feliz por vê-lo e pergunta o que achou da reunião. Joel encolhe os ombros, diz que achou legal. Outras pessoas chegam, e ele repara que a tratam por Bete. Ela o apresenta a todos: Tarso, Flávio, Benjamim, Ana Luiza, Maitê, Priscila. Ele se esforça para memorizar o nome de todos. Cumprimenta-os e acompanha em silêncio a conversa animada que se desenrola. Pega o celular e avisa a mãe que a reunião terminou. Ela estava fazendo hora num shopping próximo, não faria sentido voltar para casa.

Dá um tchau geral, já caminhando para a porta. Eles dizem que vão comer uma pizza e perguntam se ele não quer vir junto. Joel interrompe seu movimento de saída, responde que a mãe já estava vindo buscá-lo, quem sabe outro dia, obrigado, e continua a caminhar.

Volta à reunião no sábado seguinte. E no outro. Chora durante a maioria das músicas, é algo muito forte dentro dele, não consegue controlar. Agora, vai com gosto à igreja aos domingos também.

Na reunião do último sábado das férias de julho, a mensagem é sobre uma oração em que Jesus chama Deus de "Aba", o que, segundo o pregador, quer dizer algo como "paizinho", explicitando uma relação íntima.

— Mesmo que a gente não sinta o amor do nosso pai biológico — diz —, podemos ter certeza de que o Pai celestial nos ama. A Bíblia está cheia de passagens que mostram isso.

Avisara previamente à mãe que talvez eles fossem num rodízio de pizza depois. Nem sabia se ia acontecer mesmo, mas estava animado para ir, caso a oportunidade surgisse; do contrário, era só esperar um tempo maior até a chegada da mãe para buscá-lo. A reunião termina e logo vê que estão combinando aquilo que esperava. O novo convite chega, e ele aceita com alegria.

Vão a pé, num grupo de quinze pessoas, para a pizzaria, que fica a duas quadras da igreja. Joel ainda não sabe o nome de todos, fica um pouco à margem. Há poucas mesas ocupadas, conseguem uma na hora. Ele senta perto de Bete e de algumas outras pessoas com as quais já tinha conversado em algum momento. Talvez ele seja um dos mais novos. Há outros como ele, mas suspeita que haja gente de dezesseis, dezessete, e mesmo de dezoito anos. Os mais velhos conversam sobre que faculdade fazer, e não parecem se importar muito em dividir a mesa e o papo com os menores. Um rapaz simpático brinca fazendo uma paródia de uma música que foi tocada na reunião daquele dia: na nova letra, ele lista, rimando, os ingredientes da pizza portuguesa. Joel ri bastante daquilo — talvez em demasia, porque todos olham para ele ao mesmo tempo.

Está um pouco fixado em Bete, que considera bonita. Tenta não demonstrar, a última coisa que quer é parecer grudento, chato, inoportuno. Esforça-se para conversar com as outras pessoas em volta. Conta algo a respeito de si, dos pais separados, da escola em que estuda. Flávio diz que também mora na Barra e que se ele quisesse poderia ir de carona com ele e a irmã às reuniões — ela já dirigia e os pais o deixavam usar seu carro. É um mundo novo, e Joel está fascinado.

Passam-se mais algumas semanas e Joel enfim aceita a carona de Flávio e da irmã dele num sábado. No fim da reunião, o pregador distribui para todos uma pulseirinha com a inscrição WWJD, sigla do mote "*What would Jesus do?*". Diz que é para lembrarem, em todas as situações que viessem a enfrentar, de pensar o que Jesus faria no lugar deles, e então tomar a atitude correta. Joel a coloca na mesma hora.

Naquele dia, muitos tinham outros compromissos, então não iriam à pizzaria, mas após a reunião se demoram conversando do lado de fora. No carro, já indo para casa, Flávio pergunta se ele também surfa.

— Eu, não. Vocês surfam?

— Aham, direto. Tem mais um pessoal lá que pega onda.

— Uma vez viajei pra encontrar meu pai, quando ele morava em Cancún, e peguei onda de *morey-boogie* com um assistente dele.

Flávio ri.

— De bodyboard — diz.

— Não é a mesma coisa?

— É, mas esse é o nome mais certo. Teu pai morou em Cancún?

— Morou.

— E tem onda lá?

— Acho que sim, sei lá.

— Saquei. Mas a gente surfa com prancha mesmo, normal, de pé. Um dia, se quiser, vem na praia com a gente.

— Ah, beleza, vamos ver.

Joel desconversa, porque a última coisa que quer é se expor na praia com eles, mesmo que possa ir de bermuda.

No culto de domingo, no momento dedicado a avisos e ofertas, o pastor anuncia que abrirão uma nova turma para quem quiser se batizar. E também que haverá um retiro de jovens no feriado de 12 de outubro, por três dias. Joel se inscreve em ambos e pede à mãe um cheque para já pagar o retiro. O batismo será daqui a um mês.

Havia combinado de almoçar com o pai depois da igreja. A mãe o deixa na porta da churrascaria. O pai e Ciça, que parece contrariada, já estão na mesa. Joel ainda não falou nada para ele sobre a igreja e a reunião de jovens. Agora que decidira se batizar, talvez seja hora de mencionar algo. Passa o almoço inteiro hesitando, cada deixa do pai parece o momento ideal para falar, mas só toma coragem quando chega a sobremesa, um mil-folhas, que o pai corta em dois, para dividir com ele. Ciça pediu profiteroles.

— Vou me batizar.

— Vai o quê? — o pai responde.

— Me batizar. Lá na igreja. Eu tenho ido mais, tem uma reunião de jovens aos sábados e tal.

— Logo sábado? Que horas?

— Ah, de noite.

— E tua mãe não me conta nada? Eu tenho que ficar sabendo dessas coisas.

— Estou contando agora, ué.

— Não fala assim comigo, rapaz. Tá bom. Eu vou nesse batismo aí.

— Vai?

— Vou, quero ver como é o esquema. Que dia é?

— No primeiro domingo de setembro. Não vai ser na nossa igreja porque eles não têm tanque pra batizar lá, então pediram emprestado o salão de uma outra, que fica em Copacabana, mais ou menos perto da minha.

— Longe, hein? E essa pulseira aí?

— Ah, eles deram na igreja. A ideia é lembrar a gente de pensar em Deus antes de fazer as coisas.

— Sei. Só cuidado pra não pensar demais, moleque.

Joel come devagar sua metade do mil-folhas. Raspa seu prato e em seguida o do pai, coletando o creme e o açúcar que tinham sobrado. Imaginava que ele reagiria mal ao papo de igreja, mas ficou surpreso com sua decisão de ir ao batismo.

Não menciona nada na escola sobre a reunião de jovens a que está indo, tampouco usa a pulseira. Teria sido melhor tirá-la para encontrar o pai também, mas nem pensou nisso. Na sala, começam a conversar sobre uma possível viagem de formatura da oitava série, com toda a turma. Não consegue imaginar nada pior: tanto a ideia de ir como a de se negar a ir são terríveis. Ao longo do dia, essa ansiedade consegue nublar seu entusiasmo com o retiro. Resolve tentar esquecer aquilo, afinal só precisaria decidir em novembro.

Apesar disso, anda mais relaxado do que antes. Deita na cama depois do almoço para ler *Capitães da areia*, tarefa da escola. Está gostando bastante do livro, embora seja inevitável se sentir distante da vida das crianças de rua retratadas ali. Está na parte em que Pedro Bala se envolve com Dora, e a relação deixa Joel excitado. Sente-se mal por isso, fecha o livro e acaba cochilando.

Ao acordar, percebe a cueca úmida e grudada na virilha. Abaixa o lençol e vê que a bermuda está molhada também. Fecha a porta do quarto, pega um short no armário e vai ao banheiro, escondendo a parte molhada com a outra peça de roupa.

Havia ejaculado pela primeira vez. Será que teve algum sonho erótico, do qual se esqueceu ao despertar? Fica contente e confuso ao mesmo tempo. Tira a roupa, enrola a bermuda e a cueca com a camiseta, para que Romilda não veja a mancha, e põe tudo no cesto de roupa suja. No chuveiro, masturba-se com a mão cheia de sabão, pensando no Pedro Bala e na Dora que fabricara em sua imaginação, que fazem movimentos semelhantes aos que vira naquele filme pornô: ele deitado e ela montada por cima. Fixa-se especialmente nos seios nus e em movimento de Dora. Por conta da água, não consegue ver se ejacula ou não, mas sente algo diferente no fim.

Termina de se enxaguar, sai do box e procura se secar rápido, para não molhar muito o tapete. Fica um tempo parado, olhando-se no espelho. O pinto parece um pouco maior, mas não consegue ter certeza, já que quase todo dia o examina. Ainda não tem pelos pubianos, porém o que aconteceu já era um avanço.

Na igreja, a pregação de sábado à noite é sobre o que chamam de santidade. O líder dos jovens, Marcos, fala sobre sexo: diz que é algo muito bom, mas que, segundo o plano de Deus, deveria ser feito apenas depois do casamento, pois é nesse contexto que somos "uma só carne" com alguém, como estava escrito na Bíblia. É uma ligação emocional, não só física, e é profunda demais, íntima demais para sairmos fazendo com qualquer um. A seguir, diz que "ficar" é uma distorção do namoro, e este por sua vez serve para as partes descobrirem se vão querer se casar ou não. Ficar é errado, promíscuo. Encerra a mensagem abordando outro tema relacionado: pornografia é ruim, diz, Deus não nos criou para satisfazermos nossos desejos sexuais sozinhos na masturbação. Nosso corpo é o templo do Espírito Santo e ao consumir pornografia estamos corrompendo-o, e, de certa forma, incentivamos aquela indústria lucrativa e que leva milhares de atrizes, atores, produtores e espectadores para a perdição.

As palavras de Marcos são claras. Uma culpa pesada invade Joel. Ora a Deus, pedindo perdão e prometendo não mais repetir o que fizera no dia anterior. Lembra da vez em que a mãe comprou uma *Playboy* para ele e sente raiva, não entende por que ela faria uma coisa assim se já era convertida e frequentava a igreja havia bem mais tempo que ele. Pede perdão por isso também, e promete que jogará a revista fora assim que chegar em casa. As concepções do líder dos jovens lhe parecem certas, e Joel incorpora sua visão do assunto sem questionar. Imagina o pai ouvindo uma pregação como aquela, com certeza acharia péssimo, e por conta disso passa a ficar com receio do dia do batismo: qual será a mensagem que o pastor trará?

Passa a desviar o olhar de outdoors com comerciais de lingerie e de bancas de jornal, com as capas da *Playboy* e da *Sexy*. Tenta terminar rápido o livro de Jorge Amado — a amizade de Pirulito com o padre distrai sua fixação em Pedro Bala e Dora, e o triste final dela consegue fazê-lo esquecer de vez aquilo.

O dia do batismo chega. A mãe confirma que o pai pretende mesmo ir. Joel tem de estar duas horas mais cedo na igreja, como nos dias de curso. A mãe o leva e fica esperando do lado de fora, sentada perto do bebedouro, conversando com algum conhecido. Ela se batizou há mais de cinco anos, Joel não lembra, embora ela diga que conversou com ele a respeito na época. Foi durante uma estadia dele com o pai em Cancún.

Fica algo intimidado pelo tamanho da igreja, bem maior que a dele, embora tudo pareça mais improvisado. O interior é austero, paredes pintadas de azul-claro, teto liso, cadeiras de plástico pretas em vez de bancos, algumas luminárias com lâmpadas fluorescentes nas laterais e no centro.

Começa o culto e todos que vão se batizar estão numa sala à parte. Recebem uma bata cinza e vão para o vestiário. Joel tira a camisa polo, veste a bata pela cabeça, depois tira a calça por baixo e põe o chinelo que trouxera. Após o louvor — tocaram muitas músicas que ele não conhecia —, todos voltam para o salão principal e ficam na fileira da frente, reservada para os batizandos. Joel procura o pai, mas não o acha. Vê a mãe, máquina fotográfica na mão, sentada não longe dali.

O tanque de batismo é revestido com azulejos brancos, atrás do púlpito, e elevado alguns metros acima dele. O acesso se dá pelos fundos. O pastor já está dentro d'água e chama os candidatos ao batismo por ordem alfabética. Joel é o quarto. Ouve seu nome, levanta e anda até lá, devagar, pois a bata está apertada e limita os movimentos das pernas. Entra no tanque com cuidado, segurando no corrimão metálico.

— Este é o Joel — o pastor diz. — É um menino que está há pouco tempo com a gente, mas já se mostrou comprometido e sério na busca pela santidade. É o filho da nossa amada irmã Meire, que está aqui e deve estar muito contente. Joel, eu te batizo em nome do Pai, do Filho e do Espírito Santo.

Cruza as mãos sobre o peito, como havia sido instruído, o pastor o segura por ali e pelas costas e o mergulha para trás. Esquece de fechar a boca na hora da imersão e bebe um pouco de água, quase engasga mas consegue se recuperar enquanto é levantado. O nível da água no tanque bate na metade de suas coxas, e de repente Joel nota que a bata está colada ao corpo. Puxa-a para fora, tentando desgrudá-la para evitar que marque a região pubiana. Sorri, embora esteja muito tenso, e então avista o pai, sentado numa das últimas fileiras.

Sai do tanque pela escadinha lateral, abre o armário, tira a mochila, entra numa cabine e fecha a tampa do vaso sanitário para apoiá-la e pegar a roupa. Enquanto remove a bata e se seca, lembra da fala do pastor, que o deixou levemente incomodado. Ele mal o conhecia, como podia afirmar aquilo? Será que o pai ficou horrorizado com o que ouviu? Termina de se vestir, põe a cueca e o chinelo molhados no saquinho que trouxera e guarda tudo na mochila. Volta ao salão e se senta no mesmo banco em que estava antes. Evita olhar para trás. Quando os batismos terminam, o pastor sai para se trocar, a banda toca mais duas músicas, o celebrante pega de novo o microfone e convoca todos os recém-batizados para uma oração de encerramento.

Todos se felicitam ao fim do culto. A mãe vem até ele, dá parabéns e um abraço apertado e demorado. Diz que está muito orgulhosa. Joel cumprimenta mais algumas pessoas, entre elas Bete. Fica feliz ao vê-la; já era batizada, mas foi mesmo assim para assistir ao evento — além dele, dois outros jovens do grupo também se batizaram.

Encontra o pai perto da saída. Recebe um abraço meio de lado e um parabéns que soa falso. Ele está com o semblante estranho, nem olha nos olhos de Joel. Pensa se deve apresentar alguns amigos a ele, mas o pai logo se despede, de longe, dizendo que precisa ir. Joel o observa caminhar até o carro, entrar, dar a partida e sair pelo portão do estacionamento.

6.

Acordo sobressaltado no quarto dia de viagem, a cabeça ainda rodando após tantas *margaritas*. É meio-dia. Levanto-me com dificuldade, a dor logo me traz à memória o soco e os chutes na costela. Olho-me no espelho, meu rosto carrega um roxo impossível de disfarçar: começa do lado da boca e se estende pela metade inferior da bochecha, até a orelha.

Engulo um café da manhã rápido, pego o carro e escrevo "Delfines" no aplicativo, o nome que Bira havia mencionado.

Avanço devagar pelas ruas, estreitas porém pavimentadas. Casas térreas e pequenos sobrados se alternam, alguns com pintura e outros no reboco. Parece haver um carro velho em frente a cada um. Há um mercadinho, uma farmácia, uma oficina improvisada de conserto de eletrônicos, alguns bares e uma escola municipal.

Paro para perguntar por Juan, o Sina, em alguns desses lugares. Todos os que abordo dão respostas evasivas, e não disfarçam o olhar desconfiado para a mancha roxa em meu rosto. Dirijo mais uns minutos e estaciono perto de uma lanchonete com um hambúrguer desenhado no muro. Faço a mesma pergunta ao dono, ou ao que parece ser o dono, porém falo mais rápido, abrevio o discurso padrão; ter perguntado aquilo tantas vezes me faz pensar que cada nova pessoa com quem converso já o ouvira de mim antes. Ele dá uma risada debochada, diz que não e se vira para fazer outra coisa. Já caminhava de volta para o carro quando um cliente sentado a uma mesa na calçada me chama.

— É o Sina que você está procurando?

— Isso. Um cara alto, moreno, cabeça raspada. Trabalhou um tempo para meu pai aqui, por isso queria encontrá-lo.

— Veja bem, *wey*. Eu sei de quem você está falando. Mas o que você quer com ele?

— Nada demais. Só conversar. Não quero nada dele.

— Tem certeza? O cara já passou por cada uma. Mas está mudado.

— Sim, não se preocupa.

— Está bem. Te peço uma ajuda de custo, só isso.

Deixo uma nota de vinte dólares em cima da mesa. O sujeito permanece com a cabeça baixa, depois a levanta e me olha de relance. Deposito mais uma cédula em cima da outra, e ele então me explica como chegar à casa de Juan. É a única de cor lilás na rua inteira, não tem como errar.

Quando dobro a esquina, uma moto que vinha no outro sentido me dá uma fechada. O motoqueiro e o carona descem e caminham em minha direção, ambos de capacete. Já perto, o primeiro puxa uma arma e a aponta para mim. Manda eu sair, pede celular e carteira. Tudo acontece muito rápido; o outro rapaz entra no carro e arranca, o motoqueiro volta à moto e o segue.

Com certeza alguém naquele bar, penso, orquestrou o assalto. Talvez o dono, talvez o próprio cliente que me deu a informação. Sento no meio-fio e me pergunto o que fazer. Por questões de seguro, devia, suponho, dar queixa na delegacia, fazer um B. O., ou seja lá como chamam isso aqui. Avisto mais à frente a casa lilás, que em tese é de Juan. Sinto vontade de chorar, meu rosto se contrai, mas resolvo respirar fundo e ir até lá. Deixaria para depois as questões burocráticas, o cancelamento de cartões e tudo mais. É provável que não seja a coisa mais sábia a se fazer, mas já estou aqui.

Bato palmas, pois não há campainha à vista perto da cerca baixa que contorna a casa, um imóvel de esquina. Outro pensamento me toma: e se o homem que me indicou a casa estivesse mancomunado com o próprio Juan? E se essa nem for a casa de Juan, e sim de um bandido que vai me sequestrar e extorquir? As possibilidades me fazem hesitar, mas não há mais tempo: a porta principal se abre e uma mulher com os cabelos presos e de roupa de ficar em casa coloca metade do corpo para fora.

Sinto um arrepio na espinha: é a mulher de Juan. Continua bonita em seus cinquenta e poucos anos, a mesma força e doçura nos movimentos que agora me vêm à memória.

— Senhora, desculpe incomodar. Não sei se lembrará de mim.

— O que você quer? — sua voz soa ríspida e impaciente.

— Meu nome é Joel. Sou filho do Luiz Afonso. Vinte anos atrás, meu pai morava aqui, e contou com os serviços do Juan. Acredito que seja sua esposa. Eu gostaria muito de falar com ele, se possível.

Ela me olha de cima a baixo, ainda se escorando na porta.

— O que você quer com ele?

— Não quero nada, não vou fazer nada. Pode ficar tranquila. Só quero conversar, entender algumas coisas daquela época.

Ela desaparece lá dentro. Alguns minutos depois, Juan surge. Só pode ser ele. O cabelo está mais cheio e grisalho. Não me reconhece de primeira; eu me apresento, falo do meu pai e seu rosto se ilumina.

— Joel! Claro. Quer um café? Minha mulher acaba de passar.

— Aceito, obrigado.

Atravesso a porta, que Juan manteve aberta para mim, e olho ao redor.

— Que surpresa você aqui. Como anda?

— Estou bem — respondo, vacilante, e sem querer derrubo a xícara no chão, que se estilhaça. Os cacos brilham em meio à poça escura. Reparo que estou com as mãos trêmulas.

— Não se preocupe, Joel — Juan diz, enquanto pega um pano na cozinha. — Mas tem certeza de que está tudo bem?

— Desculpe, Juan. Acabo de ser assaltado. Dois rapazes numa moto, levaram meu carro, minha carteira e meu celular.

Do chão, enquanto termina de secar o café, ele pergunta se me machucaram.

— Não. Foi tudo muito rápido.

— Menos mal. Mas esse tipo de coisa tem acontecido com cada vez mais frequência aqui. Se quiser, posso te acompanhar até a polícia.

— Não precisa. Eu ia dizendo, antes de sujar sua casa, que vou ser pai. Minha esposa está grávida.

— Que maravilha, meus parabéns. É menino ou menina?

— Menino. Mas ainda não escolhemos o nome.

— Isso que eu ia perguntar. Que acha de Juan?

Ele pisca o olho esquerdo e se ajeita na cadeira que puxara. Começou a incluir algumas palavras em português em suas frases.

— Queria te falar sobre o meu pai — digo, após uma pausa.

— E como vai ele? — sua voz fica hesitante.

— Morreu algumas semanas atrás, Juan.

— Ah, que coisa. Não sabia, me perdoe. O que aconteceu?

— Quer dizer, já tem mais de um mês. Ele teve um AVC, depois outro, e não aguentou. Estava com setenta e cinco anos.

— Que pena. Lamento muito. Lembro dessa época, quando ele viveu aqui. Mas eu larguei aquela vida.

A esposa chega, trocou de roupa. Traz um bolo e outra xícara de café para mim, vai para o quarto e fecha a porta com força. O semblante de Juan a todo momento oscila entre preocupado e curioso.

— Que vida? — pergunto.

— Ah, *wey*. Quanta coisa eu fiz. Mas não mais. E o que você quer saber, afinal?

— Queria saber do meu pai, do que você sabe a respeito dele, do que ele fazia aqui. Do que você fazia pra ele.

— Bom. Vou te falar do que eu me lembro, porque andei muito, muito mal com a bebida, e acho que algumas coisas devo ter apagado da cabeça. Ele morava naquele hotel, não é? Tinha muitos clientes. Alguns encontravam com ele lá para falar de dinheiro. Às vezes tinha que ir às pressas para as ilhas aqui do Caribe, pra resolver algo, e voltava logo.

— Ele era doleiro, não?

— Nem sabia que era esse o nome, naquele tempo. Eu também conseguia algumas mulheres pra ele.

— E por que ele contratou você?

— Começou com isso das mulheres. Ele me ligava, eu arrumava, porque conhecia prostitutas que moravam perto de mim. Depois queria droga, mas só às vezes, então me telefonava, eu tinha com quem conseguir. Aí foi ficando com medo por conta do volume de dinheiro que estava movimentando. Tinha entrado um cliente grande, que rendia bastante grana pra ele, acho que era isso. Como ele não conhecia mais ninguém aqui, acabou confiando em mim. E pediu para eu ficar por perto o tempo todo, ia me pagar um salário, eu aceitei.

— Você virou tipo um guarda-costas?

— É, mais ou menos. Isso foi antes de você vir. Aliás, garoto, como eu gostei de te levar pra passear daquela vez. Você gostou?

— Claro. Eu me diverti. Você me ensinou a comer o molho da massa com o pão.

— É verdade. A melhor parte.

Seu rosto fica transtornado de repente, como se uma memória desagradável tivesse chegado sem aviso.

— Preciso me despedir. Tenho algo a fazer, sabe como é.

Fico surpreso com essa fala súbita.

— Posso voltar outra hora? Amanhã?

Juan hesita um momento, mas enfim concorda.

Passo a noite em claro, com a cabeça a mil. Ao mesmo tempo que tinha sido bom confirmar aquelas coisas com Juan, não havia nada de muito novo no que ele me contou. E por que será que me mandou embora tão sem aviso? Para piorar a insônia, a imagem do motoqueiro de capacete e com a arma apontada para mim reaparece a cada instante. Só consigo pregar o olho às seis da manhã.

Acordo com o telefone tocando, já na hora do almoço. A recepcionista me informa que tinham entregado minha mala. Nem acredito e, a essa altura, não me importa muito. Um funcionário a traz para meu quarto. Está dentro de um saco plástico transparente, semiaberta, com o zíper principal quebrado e lascada em dois cantos. As roupas estão lá, com exceção de uma jaqueta que eu havia deixado por cima de tudo.

Desço, como uns sanduíches em pé e peço o carro. No dia anterior, ao chegar, já havia solicitado à empresa de locação um novo veículo, que foi entregue em menos de uma hora — e nem sequer pediram o boletim de ocorrência, que me tomou quase duas horas na delegacia.

Talvez seja imprudente voltar a Delfines de carro, mas me apego ao princípio de que um raio não pode cair duas vezes no mesmo lugar. Não anotei o endereço, havia me guiado pelas indicações do cara no bar, e me perco pelas ruas, que são muito parecidas entre si. Ainda assim, e mesmo dirigindo com excessiva cautela e apreensão, chego quinze minutos antes do horário marcado. Juan abre a porta com um prato sujo na mão. Tinham acabado de almoçar, estavam tirando a mesa. Ele desvia seu olhar do meu, pergunta se estou servido mas nem espera minha resposta, já recolhe as travessas e os talheres com a esposa.

— Desculpe, senhora, esqueci de perguntar seu nome ontem.

— É Jazmina.

— Jazmina. Fiquei pensando que nunca te agradeci por ter ficado comigo na noite em que meu pai foi sequestrado.

Da cozinha, aonde se dirigia enquanto eu falava, ela solta uma espécie de lamento como resposta. Passa por mim na sala, olha nos meus olhos e segue até o quarto. Juan se demora arrumando as coisas, talvez mais do que o necessário. Enfim termina de lavar a louça, senta-se no sofá e me diz para puxar uma cadeira.

— Aconteceu alguma coisa, Juan? Você está pálido.

— Eu tinha esquecido, *wey*, eu tinha esquecido, esse tempo todo eu tinha apagado isso da cabeça.

— O quê? Tem a ver com meu pai? Ontem não consegui falar com você sobre o sequestro.

— Justamente, justamente! O sequestro.

— O que tem? Pode falar o que for, Juan, não me importo.

— Ah, Joel... É terrível. Acontece que a dica para o sequestro foi minha. Uns caras aqui do bairro estavam atrás de mim fazia muito tempo, queriam que eu apontasse um cliente rico pra eles pegarem. Começaram a ameaçar a Jazmina, aí acabei cedendo e falei do seu pai. Escolhi o dia em que ele tinha me pedido pra passear contigo de manhã, quando fomos à praia. Então liguei pra eles, descrevi o hotel, disse a hora que ele geralmente almoçava.

Os olhos de Juan se enchem de lágrimas.

— Me desculpe, Joel, me desculpe! E ainda fiz toda aquela cena pra você, como se não soubesse. Mas eu estava nervoso de verdade, eles tinham me prometido que não machucariam seu pai e que me dariam notícias logo, aí tentei ligar do hotel, me atenderam mas não diziam nada do que estava acontecendo.

— E eles conseguiram alguma coisa do meu pai?

— Conseguiram, levaram ele a um caixa eletrônico e ele sacou uma quantia pra eles. Mas só fez isso após tomar uma surra. Eu te deixei aqui com a minha mulher porque não conseguia saber nada por telefone, e aí resolvi ir atrás deles. Descobri que estavam mantendo seu pai num bordel em Santa Cecilia. Apareci lá, e quando o Luiz me viu, avançou pra cima de mim, mesmo sabendo que eu andava armado. Mas alguém segurou ele, e bateram mais. Pedi desculpas, nem conseguia olhar direito pro seu pai.

— E aí soltaram ele?

— Soltaram. Já tinham o dinheiro e fizeram ele deixar uns cheques em branco sem cruzar. Eu ainda aceitei a minha parte do dinheiro!

— E como ele veio parar aqui?

— Eu falei pra ele lá. Disse: sei que eu sou um merda, me desculpa. Seu filho está com minha esposa, este é o endereço, e tal. Ele pegou um táxi e veio.

Eu fico em silêncio.

— Foi depois disso que mergulhei na bebida. Ah, foi uma desgraça. Não entendo como a Jazmina continuou comigo. É uma mulher muito boa. Nunca fiz nada contra ela, claro. Mas chegava em casa caindo, às vezes dormia ali na frente, mal aguentava passar pelo portão e desabava.

Volto a formular em minha cabeça a hipótese de que o assalto que sofri havia sido combinado entre Juan e o sujeito do bar, por telefone, quando souberam que eu procurava por ele. Passo então a acusá-lo disso: não satisfeito em ter feito aquilo tudo com meu pai, repetia agora o mesmo comigo. Juan parece genuinamente surpreso com a teoria, começa a jurar que não sabe de nada. Termino por me desarmar um pouco, me recomponho. Coloco as mãos sobre as coxas; elas estão tremendo.

— Tudo isso acontecendo naquela noite, e eu aqui com sua esposa, vendo novela, dormindo no sofá.

— Você me perdoa, Joel?

— Não precisa me pedir perdão.

— É, mas a pobre da moça não teve a mesma sorte. Valeria! Esse era o nome dela. Na verdade, nem sei que fim ela levou, mas suponho que não tenha sido nada bom.

— Que moça, Juan?!

— A moça! Eu não falei? — Juan volta a ficar transtornado. — A moça que ele engravidou. Uma puta, uma prostituta. Era uma menina, devia ter dezoito, dezenove anos. Eu que arrumei pra ele. Ela, quer dizer, eu tive uma história com ela também. E a Valeria me disse que estava com medo, ele a estava ameaçando, dizendo que se não tirasse o bebê faria algo com ela. Pensava em fugir pra outro estado pra ter o filho; não queria nada do seu pai, na verdade, só ter o neném em paz.

— Mas o que houve? Conta de uma vez!

— Houve que um dia não ouvi falar mais dela. Procurei na casa que compartilhava com as outras mulheres, nos puteiros que eu conhecia, nas boates, nada. Ninguém tinha notícia dela. Perguntei pro seu pai, que jurou que não sabia de nada. Nos desentendemos, fiquei muito bravo, mas ele era o patrão, então não insisti mais. Talvez ele tenha reparado que eu tinha um carinho especial por ela, e por isso resolveu a questão através de outra pessoa, ou de repente não fez nada mesmo. Tempos depois, alguém aqui do bairro me disse que ela andava por Guadalajara. Mas acho que era boato. Se não morreu, deve ter saído do país.

Não digo nada. Juan percebe minha contrariedade, e ainda assim tenta ser educado, me oferece café e água. Respondo que não, que preciso ir, levanto depressa e saio pela porta sem me despedir.

É meu último dia inteiro em Cancún, e me dou conta de que ainda não fui ao mar. Atravesso a areia branca e fina, do tipo que dificulta a caminhada, e fico observando a água azul-turquesa. Depois de alguns minutos, resolvo entrar. Sinto ainda pontadas de dor na costela, mas continuo. Passo um tempo boiando, tento esvaziar minha mente, porém não consigo parar de pensar na possibilidade de meu pai ter deixado outro filho, de ter um irmão. Ou será que meu pai obrigou Valeria a abortar? Algo mais grave pode ter acontecido? Se essa pessoa de fato existir, deve ter cerca de dezoito anos. Seria um homem, uma mulher? Se pareceria comigo? Se pareceria com meu pai?

Saio do mar, sento na parte da areia endurecida pela água. Quando pequeno eu detestava areia, lutava com ela para que não invadisse a canga que minha mãe estendia para eu sentar, e se por acaso minhas mãos molhadas ficassem "empanadas", como ela dizia, era imperativo voltar imediatamente para a água e lavá-las.

Observo casais que passam abraçados, um grupo de jovens tomando champanhe debaixo de um dos bangalôs, outro homem sozinho como eu. Foi nesta mesma praia que vi pela primeira vez os seios nus de duas mulheres que faziam topless. Estava com Juan, que mencionou esse termo, novo para mim, e explicou seu significado — o tempo todo com um sorriso no rosto, achando graça do meu espanto.

Demoro-me na praia, depois ainda entro na piscina e resolvo nadar. Na terceira volta preciso parar para respirar; estou muito sedentário e isso, aliado ao sobrepeso, torna meu fôlego cada vez mais curto. Em seguida, vou almoçar no El Viento. Não chego tão cedo como da outra vez, mas ainda há mesas vagas. Pergunto aos garçons pelo Bira. Dizem que irão chamá-lo, mas ele só aparece quando estou na última garfada. Conto que tinha conseguido localizar o Sina. Ele assente com a cabeça, como se quisesse voltar logo aos seus afazeres, mas insisto:

— Bira, você conhece uma prostituta chamada Valeria?

— Não, mas se você quiser temos pessoas aqui que podem te conseguir ótimas mulheres.

— Não é isso. Foi uma pessoa que o Juan mencionou. Mas só sabe o primeiro nome e que talvez ela tenha se mudado para Guadalajara.

— É uma cidade muito grande e deve ter um milhão de Valerias morando lá. Impossível encontrar alguém assim.

Peço uma mousse de sobremesa. Enquanto como, reparo que alguém numa mesa próxima está me olhando. Levo uns bons minutos para reconhecer Ramiro, o antigo cliente do meu pai que conheci no velório. Está bronzeado, de bermuda e camisa polo, bem diferente da lembrança que eu tinha dele naquele dia, de terno preto com riscas brancas e semblante consternado. Levanto-me para cumprimentá-lo, ele diz que já terminou e pergunta se não quero tomar um café ou um digestivo.

Sento-me de frente para ele e peço ao garçom que transfira minha conta para essa mesa. Ramiro pede um licor para nós dois.

— O que está fazendo por aqui? — diz, e empurra em minha direção um dos copinhos cheios de Frangelico.

— Eu ia te perguntar o mesmo.

— Venho há muitos anos. É ótimo o esquema, tudo incluído, a praia na frente.

— Ah, é? E você já vinha enquanto meu pai morava aqui?

— Já. Na verdade, a primeira vez que ele veio foi junto comigo. Mas e você, já tinha vindo?

— Aham, enquanto meu pai morou aqui eu vinha visitá-lo uma vez por ano. Mas era moleque. Como adulto é a primeira vez.

— É verdade, ele mencionou algo na época. E está a passeio? Ou o quê?

— Eu precisava de um tempo pra pensar, descansar, e me ocorreu de vir pra cá. No fundo, acho que, sem planejar, vim tentar entender melhor algumas coisas. Sobre meu pai, e tal. Ele morreu, meu filho está pra nascer. Queria saber mais sobre o que fazia, por que morou aqui, como era a vida que ele levava.

— Sei. A gente sempre tem esse tipo de questionamento com os nossos velhos.

— Você acha?

— Sem dúvida. A gente acha que não sabe o suficiente sobre eles. E eu e seu pai somos de outra geração. Imagina o que foi a nossa infância; meu pai era mais durão ainda, não falava nada. A gente se criou sozinho, praticamente. Mas a geração de vocês é mais aberta, talvez a relação com os filhos seja mais fácil no futuro. Ou não, vai saber.

— Mas me conta dessa viagem de vocês, se puder.

— Ah, eu que falei pro teu pai. Disse: acho que Cancún pode ser uma base boa pras tuas operações. Na época ele andava preocupado, sabe.

— Com a Receita?

— Com a Polícia Federal. Ouviu dizer que podiam estar atrás dele. Acho que era boato, mas ele enfiou aquilo na cabeça, que precisava sair do país. Se preocupava contigo, com a tua mãe, mesmo não estando mais casado. Aí sugeri. Eu tinha vindo uma vez, mas fiquei em outro hotel. Este aqui, na época, era muito diferente, não tinha esse luxo todo. Claro que se destacava, mas era outra coisa. Foi uma viagem e tanto, puta que pariu. Teu pai já tinha passado dos cinquenta mas era um garanhão, nunca vi. Eu me dava bem só por estar junto com ele.

— Imagino.

— Ele ficou encantado com isso aqui. No terceiro dia, já

tinha resolvido ficar e negociou valores com a gerência do hotel. Ia sair caro, mas ele estava decidido.

— Ontem encontrei o Juan, um cara que foi segurança dele aqui, no último ano.

— Acho que lembro de ele ter mencionado. E aí?

— Você soube do sequestro que ele sofreu naquele mesmo ano?

— Claro. Ele voltou apavorado pro Brasil. A Sônia que me falou a respeito, antes de ele chegar. Tinha ficado assustada.

Tento conter a irritação por ela ter me dito que não sabia de nada, e continuo:

— Esse Juan me contou ontem que foi ele quem deu a dica pros caras. Descreveu meu pai, o hotel em que estava, a hora que saía pra almoçar. E me falou de uma prostituta com quem ele se envolveu, e deu problema.

— Caralho. Mas que problema?

— Você ouviu falar de uma tal de Valeria, que acompanhava ele às vezes? Uma prostituta bem jovem, parece.

— Valeria… acho que não. Por quê?

— Deixa pra lá.

— E teu pai alguma vez te contou o que ele fazia? — Ramiro diz, talvez mudando de assunto de propósito.

— Nunca. "Consultor financeiro", era tudo que eu tinha.

— Entendi. Mas não pensa mal dele. Fez muito bem pra mim, pros outros clientes. Todo mundo tem família, lembra disso. Ele nos ajudou pra cacete.

— Aham.

— E principalmente pôde cuidar de você, da tua mãe. Você teve uma vida tranquila, imagino, não foi? Alguma vez teve que se preocupar com dinheiro?

— É, pode ser.

— Acabou o licor? Quer mais um?

— Acho que estou bem. Vou pagar minha conta, quer dizer, assinar a nota pra jogarem na conta do quarto.

— Deixa comigo, garoto.

— Não, de jeito nenhum.

— Deixa, não se preocupa. Em homenagem ao teu pai. Saudades do grande Luiz Afonso.

Saio do banho e de imediato meus ombros começam a coçar muito. Molho uma toalha de rosto e ponho em cima deles, para aliviar. Vejo-me no espelho e percebo que me queimei demais — esqueci, claro, do protetor solar. Apesar do desconforto para deitar, viro para o lado, e o fato de estar de estômago cheio me ajuda a cochilar por algumas horas. Acordo e enquanto dobro as roupas avalio a possibilidade de estender a viagem até Guadalajara. Chego a parar para consultar preços de hotéis e passagens, mas no fundo Bira tem razão.

Quando fecho a mala já está escurecendo. Da janela do quarto, observo a piscina lá embaixo, seu formato de diamante. Lembro do meu pai a meu lado, na noite seguinte ao sequestro, olhando para essa mesma piscina que se ilumina depois de o sol se pôr. Tínhamos jogado *007 contra GoldenEye* e comido raviólis. Imagino-o de novo aqui, a poucos centímetros de mim, as feridas nos braços, nas mãos, os arranhões no rosto. Olho para ele e ainda não sei o que dizer.

Das últimas vezes que vim a Cancún visitar meu pai, passei a escolher o assento do corredor no avião, pois descobri que se deixasse o cotovelo para fora conseguia sentir as pernas das aeromoças encostarem em mim. Isso me vem à cabeça agora ao pedir licença a um passageiro, que ocupa esse lugar, para chegar à poltrona da janela.

Vejo mais alguns episódios de *The Americans*, série a que tenho assistido e que por sorte consta no cardápio do sistema de entretenimento de bordo. É sobre as missões e a vida de um casal de espiões russos que vive nos Estados Unidos durante a Guerra Fria. Ambos falam um inglês perfeito, após intenso treinamento, e têm dois filhos nascidos em solo norte-americano. A mais velha é adolescente e, no ponto em que estou, desconfia que algo na vida dos pais não fecha. Pressionados por ela, decidem contar o que fazem, e isso leva a menina a uma crise. Embora a intenção de revelar mais sobre a própria vida tivesse sido boa, os espiões se perguntam se aquilo não acabou sendo pior para ela.

Penso nos meus pais, e nos pais em geral. Nas histórias sobre si que nos contam, nas que nunca nos contarão. E naquelas que nos revelam porque falamos algo, por vezes trivial, que os faz recordar determinada coisa. O conhecimento que temos deles aumenta a conta-gotas ao longo de nossa trajetória. Será que escolhem deliberadamente o que vão nos dizer, ou é algo aleatório? Nossa vida seria melhor se soubéssemos de tudo ou de quase tudo que aconteceu com eles quando crianças, adolescentes e jovens adultos, no período antes de nascermos e enquanto ainda éramos pequenos demais para nos lembrar? Isso preencheria uma lacuna que temos, ou seria pior, como no seriado?

Uns meses atrás, jantei com minha mãe em seu apartamento, só nós dois. Uma hora, não sei por quê, ela me contou sobre um namorado que teve antes de conhecer meu pai. Explicou como não ficaram juntos por uma besteira: ele foi transferido para Curitiba e ela estava indo bem no trabalho, no Rio, e decidiu não sair da cidade. Vi o brilho em seus olhos enquanto falava e tentei imaginar esse mesmo brilho mais de trinta anos antes, dirigido a esse homem que desconheço. Saber disso me enterneceu, ao mesmo tempo que me deu certa pena por ela não ter vivido algo que poderia ter sido muito bom. Mais cedo, ao fazer o check-in no aeroporto, o contato de emergência que coloquei, sem pestanejar, foi o dela, e não o da Ju. Talvez isso queira dizer algo, talvez não. Será que vou continuar dando o nome e o telefone da minha mãe nessas situações, até ela morrer?

No caso do meu pai, além da eterna especulação sobre a possibilidade de ter um meio-irmão levando uma vida própria e distante de mim no México ou em outro país, o que ganhei ao saber mais sobre a vida dele em Cancún? Precisarei destrinchar sua memória até o ponto de implodi-la e não restar mais nada?

Na biografia de Pablo Escobar escrita por seu filho, que li vorazmente, um dos momentos mais impressionantes é o relato de como o pai o fez parar de tomar mamadeira. Estavam no Panamá, acho, fugidos, morando num quarto de hotel. Pablo pega a mamadeira, diz algo como "vamos ver se ela voa?", amarra-a num balão que haviam comprado e solta pela janela. A mamadeira sai voando, para cada vez mais longe, e quando o filho começa a se desesperar, Escobar diz: "Você já está crescido. Está na hora de beber no copo, como os adultos".

O que me atrai em histórias desse tipo é a ambiguidade desses personagens — o traficante cruel e implacável que consegue ser amoroso e cuidadoso com sua família e com seus amigos próximos, por exemplo. Não estou comparando meu pai a Pablo Escobar, é claro. Porém, no fundo, não é essa a condição de todos nós? Traímos, sonegamos, burlamos, subornamos, contornamos, mentimos, subtraímos, odiamos, ignoramos, desprezamos, ofendemos, em maior ou menor grau, com consequências mais ou menos graves, em público ou em privado, e ainda assim temos uma enorme capacidade para o amor.

7.

Instado pelos jovens que também se batizaram, Joel celebra o primeiro mês de seu novo nascimento, como dizem. Anota num canto da agenda que usa para as atividades escolares, bem discretamente, e come algo diferente na cantina. Na saída da escola, descobre por Anderson que vai almoçar com o pai. O carro segue na direção da churrascaria a que o pai gosta de ir. Estão só os dois, é o primeiro encontro depois do dia do batismo. No fim do almoço, entre goles de café, o pai diz:

— Só quero que você fique com a cabeça aberta, moleque.

— Tá bom, pai, não se preocupa.

— É sério. Religião e tal, essas coisas prendem a gente. Eu na tua idade não parava quieto. Não desperdiça tua juventude.

— Não vou desperdiçar, pode deixar.

— E tem que ter mais curiosidade com o mundo também, experimentar.

— Aham.

— Aquele pastor que ficou falando de santidade, como chama?

— É o pastor Beto. Mas ele não é o líder dos jovens.

— Sei. Bom, vou pedir a conta, ou você quer mais alguma coisa?

— Não. Ah, pai, ia só te avisar que no feriado não vou estar aqui.

— Ah, é?

— É, vou viajar com o pessoal da igreja.

— Pra onde vão?

— Pra um sítio aqui em Friburgo.

— Fazer o que lá? A Meire não me fala mais porra nenhuma.

— Passar tempo junto, e acho que vão rolar umas reuniões.

— Bom, você faz o que quiser, pelo visto não tenho mais influência nessa história.

Fica impressionado com a lembrança que o pai conserva da fala do pastor que fez o batismo. Está tão acostumado a repetir diversas vezes as coisas para ele que, quando algo se fixa assim na mente do pai, deve ser porque foi de fato marcante.

Antes da conversa, tinha decidido omitir a palavra "retiro", pois achou que se a mencionasse seria pior. Ainda assim, a oposição do pai o faz levantar da cadeira com as pernas bambas e ficar em silêncio no carro, torcendo para que ele não insistisse no assunto.

Está fazendo a mala para os três dias que passará fora. Disseram que na serra é mais frio, então a mãe sugere que, além de levar o saco de dormir — que compraram para a ocasião, conforme as orientações recebidas —, inclua também alguns casacos mais quentes e algo para a cabeça, por via das dúvidas. O único gorro que Joel tem é um antigo, do Vasco, já esqueceu de quem ganhou. Coloca-o na mala, mesmo que saiba que não irá usá-lo.

* * *

No ônibus fretado que os esperava no estacionamento da igreja, Joel escolhe ficar na poltrona da janela. Ninguém viaja a seu lado. O veículo não está lotado, mas a maior parte dos assentos está ocupada. Devem ser umas quarenta pessoas, ao todo. Todos riem e conversam pelo trajeto, que é longo. As vozes vão minguando, Joel nota que algumas pessoas tinham adormecido e aproveita para fazer o mesmo.

Acorda quando já estão perto do destino. Flávio ri e mostra para alguém as fotos que fez de todos enquanto dormiam. Joel pede para ver. Ri também, um pouco sem graça, ao ver a sua imagem com a cabeça torta e a boca aberta. Nunca tinha se visto naquela situação, e seu aspecto desajeitado e indefeso o deixa sem graça.

Chegam no meio da tarde, e os monitores — em sua maioria jovens mais velhos — encaminham todos para seus quartos. Meninos numa ala, meninas em outra. Uma guerra de travesseiros logo estoura num dos quartos masculinos, Joel pega o seu e se junta à confusão, sem hesitar. Em determinado momento, sente que bateu forte demais num rapaz cujo nome nem sabe; ele cai no chão e leva uma mão à cabeça. A recordação de seu incidente com Olívia vem imediatamente, Joel solta o travesseiro e se aproxima para ver se está tudo bem. De repente, o rapaz pega o próprio travesseiro e desfere um golpe forte em Joel. Estava fingindo. A violência vai escalando, um dos monitores aparece e manda pararem.

Após o jantar, que consiste numa panela de espaguete à bolonhesa de grandes proporções e gelatina de sobremesa, começa o primeiro culto. Joel já conhece bem as canções que são tocadas no louvor, e dessa vez boa parte delas está entre as suas favoritas. Tudo o que Marcos diz atinge uma parte muito íntima de si, que ele nem sabia existir. O líder fala do amor de Deus, de como ele trata a cada um de maneira pessoal, de como nossos sofrimentos não são indiferentes a ele. Encerram cantando inúmeras vezes o refrão de uma música, que diz: "Você tem valor/ O Espírito Santo se move em você". Estão todos abraçados, muitos choram, inclusive Joel. Um sentimento de que faz parte de algo maior, algo que é muito bom, o toma por completo, e aquilo é uma revelação para ele.

No dia seguinte, Joel acorda e sente que há algo estranho em seu rosto. Passa a mão e descobre que é pasta de dente. Dá uma risada forçada, não gostava de ser alvo desse tipo de brincadeira, mas tampouco queria ser o chato a reclamar. Outros no quarto também riem. Joel vai ao banheiro, lava com força o rosto. Depois de se secar, vê-se no espelho e repara que ficou com as bochechas muito vermelhas; avalia se deve ir para o refeitório ou se era melhor esperar, para não se expor ao ridículo. Acaba indo mesmo assim, pois quer encontrar logo os demais.

Pega o pão com margarina já pronto na bandeja e se serve do chocolate quente. Está frio de verdade ali. Considera pegar o gorro, mas como ninguém está com algo do tipo, desiste. Flávio e Bete conversam numa mesa. Ele pergunta, já sentando, se pode se juntar a eles.

— Juro que não fui eu — Flávio diz, rindo.

— Rá, rá — Joel responde, com ironia, um pouco chateado.

— É teu primeiro retiro, pô, tinha que ser batizado.

Bete também ri, com o olhar fixo em Flávio. Será que estava gostando dele? Joel tenta disfarçar o incômodo que sente ao pensar nisso, e puxa assunto com ela. Pergunta se a fotografaram dormindo no ônibus, ao que ela responde que não, porque ficou acordada o tempo todo ouvindo música, e a conversa para por aí.

Naquela manhã teriam uma gincana de equipes. Os monitores os dividem em dois grupos e explicam a primeira prova. É uma corrida em que cada participante tem de girar vinte vezes com a cabeça encostada num toco baixo de madeira, e então atravessar o campo de futebol correndo e voltar; o próximo só pode começar a girar no momento em que o anterior retornar.

Joel hesita. Na escola, é sempre um dos últimos a ser escolhido no time da educação física, e nos recreios se mantém distante da quadra. Mas agora não tem jeito: é o terceiro da fila, Flávio é o primeiro. O amigo faz bem a prova, quase não cambaleia ao sair em disparada e na volta já está restabelecido, correndo normalmente. A pessoa seguinte também vai bem, e sua equipe desponta na frente. Joel gira, mas sente muita tontura. Completa com dificuldade as vinte voltas, e assim que parte para a corrida cai no chão. Depois cai de novo. Todos em volta riem, ele se levanta e caminha até o final do campo. Na volta, já consegue correr, embora num trote bastante lento. Quando enfim chega, o quarto participante da outra equipe já está voltando. Seu time perde, todos se frustram, mas pelo menos não dizem nada contra ele.

A prova a seguir é de torta na cara, com perguntas e respostas entre duas pessoas, uma de cada equipe. Pensa que pode se sair bem nessa, afinal é um dos melhores alunos da sala, mas as questões são todas sobre temas bíblicos, assunto no qual ele ainda engatinhava. Até pediu para a mãe comprar, por indicação de Marcos, um livro devocional, com leituras diárias que prometem cobrir a Bíblia toda em um ano, mas começou outro dia. Toma duas tortadas — pratos de plástico com chantilly em cima — e é eliminado na primeira rodada.

A última prova da gincana é de novo física. Futebol de sabão para os meninos, vôlei na piscina para as meninas. Para diferenciarem as equipes do futebol, a dele tira a camisa. Joel observa os jovens mais velhos, magros e já com pelos no peito e debaixo do braço. Lamenta os pneus na própria barriga, sua brancura excessiva e o fato de ainda ser despelado. Ele fica no gol, por sorte os atacantes do outro time estão com a mira ruim, sua equipe ganha e vão para a piscina, onde o jogo das meninas está por terminar. Todos mergulham juntos.

Joel observa Bete de maiô, saindo da água e pulando de volta pela outra extremidade. Ela é mais velha que ele, sem dúvida nunca lhe daria bola. Tem de se contentar em ficar só olhando, mas com cuidado, para não parecer estranho.

Almoçam, e a seguir são divididos em pequenos grupos por gênero. Cada monitor fica responsável por um. O dele, um cara chamado Gregory, explica que a ideia é que possam falar um pouco de si, sobre suas dificuldades, sobre como estão na vida com Deus. Alguém diz que tem tido problemas com masturbação e pornografia, muitos concordam e se identificam com aquilo. Outro rapaz fala que não aguenta mais a pressão dos pais em relação ao vestibular. Tarso, que conhecera na primeira vez que foi a uma reunião dos jovens, mas com quem nunca tinha conversado direito, conta que o irmão mais velho saiu de casa, brigado com os pais, não tinha dado notícias e estavam todos desesperados. Joel não quer dizer nada, mas como o monitor insiste, fala sobre o pai, que tem certa resistência com o fato de ele estar ali, de ir à igreja e tudo mais. Fica com os olhos cheios d'água, mas se controla para não chorar.

Aquela alternância entre violência, diversão física e momentos espirituais é um tanto confusa para Joel. Mesmo assim, deixa-se levar pelas músicas e pela mensagem do culto vespertino, que é novamente carregado de emoção. Após o término, todos vão para a parte de fora, há um gramado com uma leve inclinação, que dá na pequena floresta que delimita o terreno. Deitam na grama úmida mesmo e ficam olhando o céu, muito mais estrelado que o do Rio de Janeiro. Alguém faz uma oração de agradecimento espontânea. Joel toma coragem e ora também. Está comovidíssimo, se pudesse moraria ali. As lágrimas correm livres por seu rosto enquanto fala, e continuam por um longo tempo depois que diz amém.

Faz-se um silêncio prolongado. Devagar, muitos vão se levantando. O ônibus sairá bem cedo amanhã, para chegarem a tempo do culto matinal na igreja. Joel achou que as pessoas estavam indo dormir, mas constata que grupos de dois ou três se formam perto do lugar onde fizeram o culto. Todos conversam e têm o olhar sério, parecem falar sobre coisas profundas. Não sabe bem o que fazer e, embora esteja muito feliz, resolve ir para o quarto, entra no saco e adormece.

Na segunda-feira, a caminho do colégio, a aula antes do feriado parece ter acontecido há um mês, e não há apenas quatro dias. É como se no último fim de semana ele tivesse estado num universo paralelo, e agora voltava à vida de sempre. O ônibus do condomínio faz Joel se lembrar do fretado que os levou a Friburgo, de Flávio fotografando as pessoas que dormiam e das considerações que Marcos fez, já na volta do retiro. Disse que a experiência que tiveram não deveria ficar limitada ao fim de semana; cada um precisava compartilhá-la em casa, na escola, na faculdade. Fazer isso, contudo, era algo distante para Joel. Fica acuado no colégio, como se os colegas e as piadas constantes representassem uma ameaça a algo que ele ganhara no retiro e que não queria perder.

Na igreja, Flávio e Bete começaram a namorar. Joel tenta conter o ciúme, esforçando-se para conversar com os dois, embora o tempo todo fiquem trocando abraços e selinhos apaixonados. Por essa razão, acaba por se aproximar mais de Tarso, que se mostra um ótimo amigo. Mas ele mora em Botafogo, perto da igreja, então só se veem por lá mesmo.

Já na escola, o assunto da viagem de formatura volta à tona. Joel não pode mais fugir da decisão. A ideia é irem para Ouro Preto, acompanhados da professora de história, que todos adoram. Madalena e Clara fazem parte da comissão organizadora e não param de perguntar se ele vai ou não. Por fim, resolve ir.

O pai o busca no dia da aula à tarde. De surpresa ou de improviso, como sempre. Pergunta como foi a viagem com o pessoal da igreja. Joel responde que foi boa, curtiu bastante, mas não dá nenhum detalhe. O pai fica calado, olhando para a frente.

— Ah, e no fim do ano vai rolar uma viagem de formatura da escola — diz, pensando ser um bom assunto para abordar com o pai.

— É mesmo?

— Aham. Vamos pra Ouro Preto, com a professora de história. Legal, né? — Joel finge empolgação. — São três dias, depois da semana de provas.

— Muito bacana. Quem diria, hein, você viajando sozinho, todo-todo aí.

— É...

— Se perguntarem, não fui eu que falei. Mas essas viagens de escola são uma maravilha, é a maior chance de você conseguir aquela menina que sempre quis. Aliás, e aquela sua namoradinha?

— A gente terminou, eu te falei.

— Eu sei, mas sabe como é, às vezes rola um flashback.

Joel dá uma risada encabulada e olha para o prato vazio. Estão naquela pizzaria, que pelo visto virou um dos locais preferidos do pai para sair com ele à noite. Pergunta-se se Ciça já estaria fora da jogada ou não, afinal é a segunda vez seguida que saem sem ela, mas guarda a dúvida para si.

Chegam a Ouro Preto numa sexta-feira, no meio da tarde, após uma parada para almoçar na estrada. Ficarão hospedados perto do centro histórico, numa pousada com diversos quartos duplos, definidos antes da viagem. Joel combinou de dividir o quarto com Danilo. A Pousada Tesouro Real está praticamente toda reservada para a turma: são trinta alunos no total. Além da professora de história, também estão na viagem o marido dela, professor de geografia em outra escola, e a coordenadora pedagógica do ensino fundamental.

Depois de deixarem as malas na recepção, vão ao Museu da Inconfidência, na praça Tiradentes. Antes de entrar, a professora explica de novo o que foi a Inconfidência Mineira. Fala da revolta da população contra os altos impostos que a Coroa Portuguesa cobrava, do combate à rebelião com uso de muita força e dos poucos que tiveram coragem de se assumir inconfidentes e foram presos, sendo que apenas Tiradentes foi condenado à morte.

— Ele foi levado até o Rio para ser executado — diz. — Quiseram fazer isso na capital da colônia, para servir de exemplo. Enforcaram ele e seu corpo foi esquartejado.

Parece história de filme de terror, Joel pensa, do tipo que ele não gosta de ver, pois se envolve demais com a trama, fica tenso até o final. Passam o resto da tarde visitando o museu e quando saem já está escurecendo. Jantam num restaurante por ali e voltam para a pousada, recolhem as malas e se instalam nos quartos. O de Joel e Danilo é um dos mais afastados, fica perto do pátio traseiro do casarão térreo em estilo colonial.

Decidem qual cama será de quem e saem para o pátio.

Muitos colegas também estão por lá, conversando. Tamara chega com copos plásticos, uma garrafa de vodca e outra de suco artificial adoçado. Misturam aquilo e vão bebendo, Joel pega um copo e dá uma bicada. Acha o gosto terrível, mas não fala nada. Vê Madalena e Danilo se afastando para conversarem num canto, e Patrícia aos amassos com o novo namorado em outro. Todos falam cada vez mais alto, Tamara e Clara gargalham sem motivo aparente, já passa da meia-noite. O marido da professora de história chega e os manda para seus quartos.

Joel adormece rápido, com a tranquilidade de saber que quem está ali é Danilo, então o perigo de ser alvo de alguma gracinha enquanto dormia inexiste.

No segundo dia, vão visitar pela manhã a igreja de São Francisco de Assis. A professora fala sobre Aleijadinho, o grande artista responsável por aquela construção barroca e pelas esculturas, e sobre Mestre Ataíde, que fizera as pinturas do teto.

É realmente impressionante, Joel pondera, talvez uma das igrejas mais bonitas que já viu. Não entende nada de santos, mas sabe explicar que essa é uma das diferenças entre a sua religião e a católica — a ausência, no protestantismo, da devoção a imagens e santos — e talvez seja este também o motivo pelo qual as igrejas católicas são tão mais criativas que as evangélicas.

Almoçam em outro ótimo restaurante, que, a professora observa, funciona na antiga senzala de um casarão do século XVIII. Pedem mexida mineira para todos; Joel estava com fome, come demais e precisa ir ao banheiro. Está com dor de barriga e sua frio só de pensar que talvez todos já tivessem pagado a conta e estivessem na calçada à sua espera, que seria motivo de piadas pelo resto da viagem, tachado de cagão. Faz uma oração rápida, pedindo ajuda para conseguir terminar logo e não passar vergonha.

Demora muito para se limpar, está acostumado a usar o bidê em casa e por isso evita ao máximo ir a banheiros públicos, mesmo o da escola. Retorna ao salão principal, a turma ainda está na mesa e ninguém comenta nada sobre sua ausência prolongada.

À tarde, vão à feirinha de Ouro Preto. Veem os objetos feitos em pedra-sabão e os incontáveis tipos de suvenir, como bonés e camisetas. Passam tempo demais ali, Joel pensa. Ele, Danilo e outros meninos ficam sentados na entrada, entediados, esperando o resto.

A coordenadora pedagógica chega correndo, de repente. Tamara tinha sumido. Os alunos e professores se espalham e começam a procurá-la pela feirinha, não sem antes combinarem de retornar àquele lugar em meia hora. Ninguém a encontra e resolvem ir para a pousada.

Uma vez lá, os professores acham Tamara em seu quarto. A coordenadora conversa com ela, volta e não dá nenhuma explicação, só diz que está tudo bem, ninguém precisa se preocupar. Os alunos passam a elaborar as mais diversas teorias para seu sumiço. Joel apenas ouve e pondera as alternativas. Tudo parece confuso e estranho.

Jantam no restaurante do próprio hotel. Joel tenta pegar mais leve e não come quase nada. Depois, vão para o pátio e outra pessoa surge com uma bebida, dessa vez rum, e copos plásticos. A certa altura, Danilo pede a ele para usar o quarto com Madalena. Joel se surpreende: fora a conversa em privado que testemunhou, não tinha percebido que estava rolando algo entre os dois.

— A Madá disse que se você quiser pode usar o quarto delas com a Clara. Ãhn, ãhn? — Danilo diz.

— Com a Clara?

— É, ué. Gatinha ela também.

— Mas não tem nada a ver.

— Vai, pô, deixa de ser boiola.

— Ela falou alguma coisa de mim?

— Ah, não diretamente. Mas você que tem que chegar, pô.

Joel anda rápido de um lado para outro, refletindo. Aquela pregação na igreja sobre ficar e sobre sexo antes do casamento lhe vem à cabeça. Sente a pele queimar, fica ao mesmo tempo excitado e com vontade de sumir.

Encontra Clara no meio do corredor. Ela olha para ele de um jeito diferente, dá uma risada envergonhada, encarando o chão. Joel senta num banco que há por perto e a convida a fazer o mesmo.

— É que eu não fico — ele diz, tomando coragem.

— Como assim?

— Não fico, sei lá, acho errado sair ficando por aí, a troco de nada. O certo seria namorar.

— Sério?

— É. Uma coisa da minha igreja. Você é demais, Clara, muito. Me desculpa.

— Não, tudo bem — Clara diz, voltando à expressão amistosa que costuma ter com ele. — Fica tranquilo. Não vou falar pra ninguém.

— Ah, valeu, mesmo.

Ela volta para o pátio externo e Joel vai ao banheiro perto da recepção. Masturba-se pensando em Bete, em Dora, em Clara. O líquido branco sai sem direção, cai na lateral do vaso e um pouco em sua calça. Tenta limpar com papel e água, o que deixa uma superfície molhada perto do zíper, além de pedacinhos de papel higiênico grudados ao tecido do jeans. Pensa que vão achar que ele mijou nas calças; tenta subi-la o máximo que dá na barriga, e então baixa a camiseta para cobrir a área em questão.

Senta numa poltrona na recepção. Faz uma oração pedindo perdão por ter se masturbado. Uma funcionária da pousada pergunta se está tudo bem, ele diz que sim, explica que está sem sono e que seu amigo roncava muito, por isso ia dar um tempo ali. Ela parece acreditar. Algumas horas mais tarde, no meio da madrugada, após algumas pescadas na poltrona, Joel vai para o quarto. A porta está entreaberta, ele dá umas batidinhas e entra. Danilo está dormindo feito pedra, sem camisa, coberto até a cintura pelo lençol.

No dia seguinte, Danilo o acorda com um sorriso no rosto.

— E aí, como foi com a Clara?

— Ah, não rolou nada. Mas tudo bem.

— Porra. Ela não quis? Vou dizer pra Madá conversar com ela.

— Não, não precisa.

Ambos ficam em silêncio.

Depois do café da manhã, o grupo pega o ônibus para ir até a Mina de Passagem, entre Ouro Preto e Mariana. Era o último passeio da viagem. A professora fala mais algumas coisas sobre a extração do ouro ali, que chegava à superfície coberto por óxido de ferro, e por isso adquiria uma cor escura. As pedras pretas guardavam em si o metal dourado. Descobertas por bandeirantes no século XVII, rebatizaram a cidade, que antes se chamava Vila Rica.

Retornam ao ônibus, que agora os levaria de volta para o Rio de Janeiro. Joel senta ao lado de Danilo, e na mesma fileira deles, após o corredor, estão Madalena e Clara. As duas cochicham animadamente. Joel se pergunta se Clara guardaria seu segredo. Danilo e Madalena às vezes trocam olhares, mas discretos, para ninguém perceber.

Danilo coloca os fones de ouvido. Joel então pega o discman na mochila, põe o CD com as melhores canções do Aerosmith, que comprou outro dia. Ajeita os fones, fecha os olhos para fingir que está dormindo e encosta a cabeça na esquadria emborrachada da janela. Tem prestado mais atenção nos nomes das músicas. Ouve "Hole in My Soul", a primeira do álbum, que começa com um trecho falado antes do refrão. A seguir vem "I Don't Want to Miss a Thing", que talvez seja sua favorita. O ônibus desliza pela estrada vazia e na terceira música ele acaba pegando no sono.

8.

No dia que voltei de Cancún, percebi que a Ju estava menos irritada com as coisas. Contei a ela quase tudo que vivi por lá: o hotel e as memórias que ele me trazia, a ida ao Coco Bongo e a surra que tomei, a conversa com Juan, seu envolvimento no sequestro, a história do meu pai com Valeria, meu possível meio-irmão mexicano, o encontro derradeiro com Ramiro. Ainda não tinha chorado propriamente, mas naquele momento, rememorando tudo ao lado dela, as lágrimas foram saindo. Ela acolheu minha tristeza, disse que entendia o motivo da viagem, ainda bem que eu tinha ido. Não falou muito mais, não perguntou sobre o destino de Valeria e do filho talvez para não alimentar minha ansiedade. Ainda chorando, deitei em seu colo, ou no espaço que ainda restava em seu colo, pois a barriga já estava bem grande — trinta e oito semanas recém-completas, isto é, em no máximo catorze dias o bebê poderia nascer. Primeiro fiquei de lado, depois me virei para cima e vi que ela continuava a olhar fixamente para mim, com ternura.

* * *

Começamos a namorar durante a faculdade. Os pais dela são evangélicos, cresceu na igreja, mas quando a conheci estava distante daquele mundo havia bem mais tempo que eu: já na pré-adolescência passou a se recusar a ir aos cultos, achava tudo chato demais, estrito demais, machista demais.

Ela fazia design, curso que ficava no mesmo campus que o meu. Nos conhecemos na aula de francês, que podia ser feita por alunos de qualquer departamento. Um dia, vi que estava na cantina, trocamos cumprimentos à distância, resolvi comprar um mate e perguntei se podia me sentar com ela, pois as outras mesas estavam ocupadas. Ju disse que sim, fechou o caderno que estava lendo e o guardou na mochila. A conversa durou mais de meia hora, até a aula seguinte de cada um, depois disso a convidei para um café, ela sugeriu um lugar que conhecia ali perto, e outro dia a chamei para ir a uma pequena exposição do Matisse que estava em cartaz num museu em Santa Teresa. Coincidência das coincidências, era a série do artista de que ela mais gostava, chamada *Jazz*. Umas colagens belíssimas, feitas de recortes de papel colorido. Ficou muito emocionada, nos beijamos no terraço do próprio museu, descemos para um restaurante no largo dos Guimarães que eu adorava, ela brincou comigo perguntando como um barrense conhecia tantos lugares ali. Respondi que era de fato inusitado, e que vim a conhecer melhor o bairro só quando entrei para a faculdade e fiz amizade com mais pessoas da Zona Sul.

Nessa época eu já não ia mais à igreja, e minha vida ao lado da Ju foi ficando cada vez mais distante daquele universo. Sentia que o que havia começado como algo genuíno se tornara mecânico, minhas orações eram basicamente tentativas de transferir para Deus a responsabilidade por minhas ações e assim poder ficar com a consciência limpa. Pensava também que a igreja não demonstrava qualquer preocupação social, e que no fim das contas aquela história de santidade era de uma hipocrisia só.

Do mesmo modo que começou, acabou. Às vezes penso no que esse tempo significou para mim. Não sei se acreditava de fato naquelas coisas todas ou se estava mentindo para mim mesmo, mas é inegável que tenham deixado marcas em mim.

Mas este ano, abalado com a morte do meu pai, fui algumas vezes a uma igreja em Laranjeiras, levado por um amigo que frequenta a congregação. O pastor de lá é aquele que convidei — meio de última hora, diga-se — para falar no velório do meu pai. A igreja é um pouco alternativa demais: as pessoas interrompem o culto o tempo todo, falam livremente. A Ju tem me acompanhado, ficou mais interessada depois que, no fim de uma reunião, a comunidade levantou, de modo espontâneo, uma oferta para uma senhora que estava com câncer e não podia pagar o tratamento.

Chegamos meia hora atrasados. Alguém acaba de pedir uma música, mas a pianista avisa que não sabe tocá-la, melhor escolher outra. A última do dia, o celebrante alerta. Atrasar-se para compromissos é algo normal para a Ju, corriqueiro até; já eu preciso controlar minha ansiedade para não brigarmos toda vez que temos de sair, embora nesses últimos meses ela tenha um motivo bastante concreto: está se movendo com muito esforço, tudo demora mais que o normal, e ainda assim fez questão de vir — não adiantaram meus argumentos em favor de ficarmos em casa, para que ela e o bebê em sua barriga descansassem.

A mulher sugere então uma música que todos conhecem,

inclusive eu. Era uma das mais tocadas nas reuniões de jovens a que eu ia. Termina assim: "Descobri então que Deus não vive longe lá no céu, sem Se importar comigo/ Mas agora ao meu lado está/ A cada dia sinto o Seu cuidar/ Ajudando-me a caminhar/ Tudo Ele é pra mim". É uma letra simples, de rimas óbvias, chega a ser piegas e quase infantil, mas lembro de me emocionar mais de uma vez ao cantá-la, acreditando sentir, sem fingimento, essa proximidade sobre a qual se refere. De súbito me transporto para aquele tempo: penso na pizzaria rodízio, nos retiros, nas conversas do lado de fora do salão em que nos reuníamos. Busco em minha memória os rostos de Bete, Flávio, Marcos, Tarso. Como estariam hoje? Será que meu pai, se estivesse vivo, iria querer conhecê-los agora?

Quem prega é um cara chamado Samir. Deve ter uns cinquenta anos e não é pastor nem teólogo, diz logo no início, e sim neurologista. Pastor Tito traz a mensagem de vez em quando, porém, pelo que pude perceber, alguns membros se revezam com ele nessa atribuição.

Samir fala sobre José, o filho preferido de Jacó, que é traído pelos irmãos e vendido como escravo, indo parar no Egito. Lá, é preso de modo injusto, mas, por seu talento para interpretar sonhos, consegue o favor do faraó e acaba se tornando seu homem de confiança, o segundo no comando do império. Como governador do Egito, prevenido por uma interpretação que fornece a um sonho de seu superior, estoca provisões por todo o território e consegue evitar o que teria sido uma grande fome por conta dos sete anos de seca que vieram.

Um dia, seus irmãos aparecem em busca de alimento, pois a escassez que já durava dois anos atingira também suas terras do outro lado do Mar Vermelho. Nenhum deles o reconhece. Após hesitar e testá-los uma e outra vez, José pede que seus servos o deixem a sós com os irmãos. Revela sua identidade e, ao fazê-lo, chora alto. Os irmãos temem uma vingança, mas ele os chama para mais perto; todos se abraçam e choram juntos. José então profere uma frase emblemática, e o preletor pede que todos abram em Gênesis para ler de novo: "Não foram vocês que me mandaram para cá, mas sim o próprio Deus". Samir diz que José tinha o que chama de "uma história redimida". Explica que isso não significa negar o que aconteceu, pelo contrário: José olhou para o passado sem concessões, sem camuflar os próprios erros e vergonhas ou abrandar o mal que lhe fizeram, e então pôde perceber como esses caminhos o levaram aonde estava — e como muitas vezes a graça divina transformou o que era ruim em algo bom. Ter uma história redimida possibilita o perdão, Samir conclui, e faz uma oração para encerrar.

Pergunto-me como é possível fazer tantas suposições psicológicas sobre José, quando se tem tão pouca informação sobre sua personalidade e seus pensamentos. Ainda assim, aquilo parece fazer sentido. Os responsáveis por distribuir o pão e o vinho da Santa Ceia tomam seus lugares. Ju se encosta em mim, está indisposta — deve ser mais uma queda de pressão, pois me pede uma água e algo bem salgado para comer. Decidimos voltar logo para casa, sem participar da eucaristia.

Estou revendo e-mails que troquei durante os anos de faculdade. Todos me parecem mal escritos ou ingênuos, um estilo que mudava conforme o que eu lia no momento, mas há alguma verdade neles, ainda que não pareça à primeira vista — sobretudo diante da profusão de desculpas esfarrapadas e jeitinhos que eu encontrava para negar idas a festas, mudar agendas, ficar com a parte mais fácil dos trabalhos em grupo nas matérias de que não gostava ou assumir praticamente toda a responsabilidade naquelas que mais me motivavam. Sempre creditei esta última atitude a ser filho único e não saber dividir ou trabalhar em equipe, e inclusive menciono isso em algumas mensagens que, à luz da minha recente descoberta sobre um possível meio-irmão no México, parecem esvaziadas de sentido.

Num e-mail direcionado a Bete, incluí um trecho de um conto da Flannery O'Connor que tinha lido, "Um homem bom é difícil de encontrar" — um diálogo marcante entre a personagem da avó e o Desajustado, bandido que está matando um a um os familiares dela na beira da estrada. Achei que a Bete poderia gostar do texto, queria manter alguma conexão entre nós. Depois da citação, eu dizia a ela que tinha saudades, perguntava se estava tudo bem e explicava que os estudos e trabalhos da faculdade e o estágio consumiam todo meu tempo, por isso não estava mais indo aos cultos — o que era uma mentira deslavada. Nessa altura eu sentia quase ódio da igreja, como se tivesse ficado enclausurado lá, deixando de experimentar as coisas que todo adolescente e jovem vive, à minha revelia, e não por vontade própria. Agora, entendo também que a fonte dessa percepção tinha a ver sobretudo com um ressentimento inconsciente por aquilo ter me afastado do meu pai — ou por ter me tornado alguém ainda mais diferente dele.

Trago à memória o que Álvaro me dissera no hospital: que quando foi me conhecer, a convite do meu pai, reparou que eu e ele vivíamos grudados. Não me recordo das brincadeiras que fazia comigo, da forma que seu afeto por mim tomava durante a minha primeira infância. Meu pai tinha uma conexão enorme com crianças pequenas, atraía todas como um ímã, suponho que comigo não devia ser diferente. Passo a imaginar cenas que, embora inventadas, são bastante possíveis, pois já vi acontecerem entre ele e netos de amigos ou com o filho de uma prima distante que mora em Portugal: meu pai me pegando no colo e me jogando para cima, me colocando em seu cangote, fazendo cócegas e soprando minha barriga, sempre com uma cara engraçada nos intervalos. Não consigo imaginá-lo trocando minhas fraldas, mas com certeza deve ter inúmeras vezes me vestido o pijama enquanto eu dormia, após chegar em casa exausto de um dia de passeio.

A tela do computador entra no modo stand-by e vejo meu rosto refletido na superfície escura, a luz forte demais do abajur a meu lado. Tenho as orelhas de abano do meu pai, as mesmas mãos e, começo a me dar conta agora ao ler esses e-mails, a mesma facilidade para mentir. Sem escolhermos, penso, acabamos sendo fruto de algo.

Embaixo do teclado há o envelope rasgado de uma carta que recebi ontem. É uma intimação da Receita Federal, convocando o herdeiro de Luiz Afonso Rodrigues de Moura a prestar contas sobre uma transação realizada por seu progenitor uns anos atrás. Refere-se à compra de um imóvel que constava no nome dele e cujo valor da transação precisa ser esclarecido. É justo a casa que meu pai deixou para mim. Dr. Eduardo com certeza vai me aconselhar a fazer manobras jurídicas, e precisarei decidir se vou topar arriscar e mentir ou se vou seguir as ordens da Receita sem questionar e pagar com parte considerável da herança uma multa inevitável e salgada — num processo que, ainda por cima, atrasaria a venda do imóvel. Vou ao banheiro, demoro mais que o necessário e na volta paro no armário do quarto e visto uma camisa do meu pai, que trouxera comigo no dia da faxina e ainda não tinha usado. Volto à cadeira e olho mais uma vez meu reflexo naquele espelho negro. A orelha de abano, as mãos que pousam na escrivaninha. Giro a cabeça algumas vezes para não perder nenhum detalhe do meu próprio rosto.

Mexo no mouse para tirar o computador da hibernação. Fecho o navegador e abro a pasta de documentos em busca do arquivo referente a meu discurso no velório do meu pai. Já não me lembro de onde tirei aquela ideia inicial, sobre a vida como uma trama complexa de acontecimentos intencionais e casuais que vão se juntando. Tem algo em comum com a reflexão de Samir sobre a história de José, exceto que, para ele, existe alguém do outro lado dessa trama — o próprio Deus, no caso, que não necessariamente está ordenando cada coisa que ocorre, como um títere, mas tem a vantagem de conseguir enxergar o todo, como um tapeceiro que vê o lado certo do tapete enquanto nós contemplamos apenas um emaranhado estranho, nada ou pouco belo.

É madrugada. A Ju me cutuca dizendo que as contrações estão mais fortes e frequentes. Sinto um frio na espinha, talvez maior ainda que o que senti no dia em que ela confirmou a gravidez. Pergunto se quer algo, ela diz que acha que dá para esperar, afinal o intervalo entre uma e outra ainda era de vinte minutos. Volto a dormir, não sei como. Acordo ouvindo-a falar com a médica ao telefone, já de manhã.

— Ela disse pra gente ir pro hospital.

— Já? Tá. Vou pegar as coisas.

Ela já tinha deixado prontas as malas da maternidade dela e do bebê. Pego rápido algumas coisas — escova e pasta de dente, casaco, uma muda de roupa básica, um biscoito — e jogo tudo de qualquer jeito na mochila, vou ao banheiro e me visto. Aviso que estou pronto. Quando vejo, ela está se arrumando em frente ao espelho, com toda a calma.

Ainda não sabe se fará parto normal ou cesariana. Em determinado ponto da gravidez, se questionada a respeito, passou a desconversar, pois não aguentava mais lhe dizerem que o parto normal era melhor, de preferência sem anestesia, numa banheira e em casa, como se isso fosse garantir a felicidade e a boa saúde do filho para o resto da vida. Falava que queria ter um bebê, e não um parto; o importante era que ele viesse saudável, da maneira que fosse.

Chegamos ao hospital, e agora ela precisa decidir. Dizem-nos que a princípio não há quartos disponíveis para depois do parto, que poderíamos ou ficar num quarto coletivo, ou então sermos transferidos agora para um hospital próximo, que nem sequer conhecíamos. Resolvemos arriscar e ficar, na esperança de surgir uma vaga. A Ju chora de nervoso, precisa sentar. Sua dor aumenta e uma enfermeira a carrega para uma sala à parte, onde homens não podem permanecer. Enquanto isso, vou dando entrada na papelada da internação. Consigo a autorização do convênio médico e o funcionário me recomenda voltar em algumas horas para checar se havia vagado algum quarto.

Volto para perto da sala na qual a colocaram. Minha sogra acaba de sair de lá. Diz que a Ju está calma e que estava decidida a tentar o parto normal. A dilatação estava aumentando. Insisto e a enfermeira me deixa entrar rapidinho. Comprovo o que a mãe dela me disse: sozinha ali, a Ju venceu o nervosismo com que chegara ao hospital e conseguiu decidir. Minha sogra entra de novo para ficar com ela, vou até a lanchonete e peço um pão de queijo e um refrigerante. Enquanto como o salgado, penso que chegou a hora, que em breve me tornarei pai. O momento ganha contornos épicos em minha cabeça, mas logo trago meu pensamento de volta para o aqui e agora. Vou à recepção do hospital para tentar a sorte e, sim, um quarto vagou nesse instante e será reservado para nós.

Ando sem parar pelo hospital, agitado, passando de tempos em tempos perto da sala onde a Ju está, até que me chamam e dizem que ela já está a caminho da sala de parto, e que eu preciso ir logo. Há um vestiário no qual devo tirar a minha roupa e colocar a calça, a camisa, a touca e a máscara fornecidas por eles e também, mas só quando chegasse à ala obstétrica, o forro para o sapato.

Abro com expectativa a porta da sala de parto. A Ju está em cima de uma bola de pilates, atrás da cama, e sorri para mim. Diz que está fazendo exercícios para estimular as contrações, a médica já rompera a bolsa e tínhamos de esperar. Ela vai ao banheiro, volta e me pede que anote o tempo entre as contrações, que está diminuindo. Ela se contorce de dor quando uma contração vem, depois fica como se nada tivesse acontecido, quicando na bola.

A obstetra volta, informamos a situação e ela diz que poderíamos iniciar. Ajuda a Ju a subir na cama, explica como deve fazer força, sempre expirando forte e empurrando para baixo. Uma enfermeira entra para colher sangue; a Ju sempre odiou fazer exames com agulhas e se retrai, a pressão despenca. O anestesista chega, pede que ela fique sentada e se incline para a frente para tomar a anestesia nas costas. Porém, talvez pela tensão, ele não consegue enfiar a agulha entre as vértebras dela. Após algumas tentativas frustradas, ela começa a suar frio, as contrações e a dor aumentam, diz que não vai aguentar, que era melhor parar tudo. Tento acalmá-la, o médico sugere que deite de lado, curvando as costas, e desse modo consegue finalmente passar o duto para administrar a substância em pequenas doses. A Ju volta então à posição inicial e me pede para fazer massagem. Minhas mãos estão suadas mas faço mesmo assim, falo mais uma vez que vai dar tudo certo, que estou junto com ela, porém isso é o máximo que posso fazer. A oxigenação do bebê baixa demais e a obstetra fala que talvez precise fazer uma cesárea. Por nós tudo bem, o que for melhor, digo, entendendo e traduzindo o que a Ju tentava expressar, entre grunhidos e caretas de dor.

A médica põe uma máscara de oxigênio nela e diz para parar de fazer força, apenas respirar por um tempo. Sai e retorna dez minutos depois, checa mais uma vez os níveis de oxigenação e diz que poderemos continuar com o parto normal. O segundo médico, a assistente e o instrumentista, todos estão agora intensamente envolvidos no processo. Sigo massageando as costas da Ju até que me chamam para a frente, pois já se enxergava a cabeça do bebê.

Mais um pouco de força e ele sai, contudo não chora no primeiro momento. Alguém diz que devo cortar o cordão umbilical, pego a tesoura meio sem jeito, fecho uma vez, mas não consigo. A obstetra põe a mão por cima da minha e com força rompe o último tecido que ainda o ligava à mãe. A pediatra do hospital, que havia entrado na sala em algum momento, pega o neném e passa a examiná-lo. Só então ele solta seu primeiro berro. Aproximo-me para ver melhor aquele serzinho, indago se está tudo bem e ela faz que sim com a cabeça, embora ainda esteja realizando algumas medições e preenchendo um cartão. A enfermeira pergunta se quero pegá-lo no colo. Penso que sou estabanado demais, inseguro demais para isso, sou péssimo com coisas manuais e nunca segurei um bebê na vida. Enquanto hesito, da maca a Ju pede que o levem logo para ela. Digo que sim, a enfermeira me passa meu filho, e quando consigo aconchegá-lo melhor junto ao meu corpo ele abre os olhos. São enormes, de um azul-acinzentado, e parecem estar vidrados em mim — embora eu saiba, pois li em algum lugar, que nessa fase ele só enxerga borrões. Aquela sensação épica volta: não é mais uma sequência de eventos práticos, é meu filho que está aqui. Eu me tornei pai. A máscara me incomoda, mas prefiro mantê-la em meu rosto, com medo de passar qualquer micróbio para o bebê. Levo-o até a Ju, que já havia abaixado a dela e sorri ao recebê-lo nos braços e ajeitá-lo em seu colo. Na mesma hora ele começa a mamar.

Durmo pouco ou quase nada durante a noite. De cinco em cinco minutos levanto para ver se o bebê está respirando. Só consigo emendar umas horas de sono quando, às quatro da madrugada, as cuidadoras o levam para o berçário. A Ju consegue dormir melhor — está obviamente exausta, infinitas vezes mais que eu, e ainda sob efeito da anestesia.

Minha mãe chega às oito da manhã. Tinha vindo também no dia anterior, quando soube que estávamos entrando na sala de parto, à noite. Ela vai até o berço, toma meu filho no colo e se senta no sofá no qual tentei dormir. Penso em meu pai, se ele teria segurado o bebê ou se preferiria esperar um tempo, deixá-lo crescer mais, ficar menos frágil.

— Que pena seu pai não estar aqui — diz. — Ele ficou muito emocionado no dia que você nasceu. E agora estaria do mesmo jeito.

— Você acha?

— Sem dúvida.

Observo minha mãe, tão segura ao manipular o bebê em seus braços. É uma mulher forte? Ou é fraca? Os dois pensamentos sempre oscilaram em minha mente. É forte, decido, e ajusto minhas lentes para enxergar força nela: as atitudes, os beliscões que me dava, a maneira como assumiu a responsabilidade sozinha por mim quando meu pai foi para Cancún, a presteza durante a doença da minha avó. Mas pensar em doença me lembra das que ela tem — a diabetes, a gastrite, o ciático dolorido —, e, sobretudo, do medo que sente de enfermidades simples, de como ficava murcha ao me ver com as bronquites e amidalites que eu tinha na infância. Num instante meu filtro muda e qualquer aspecto de sua vida exala fraqueza. Me pergunto também se ela sabia algo dos negócios do meu pai, se desconfiou, se fingiu não ver.

Mas está ali, com meu filho no colo, cantarolando a mesma música que cantava para mim. Lá pelos meus quinze ou dezesseis anos, veio me falar sobre essa música cuja melodia e letra ela mesma inventara. Contou com carinho, mas eu reagi mal, fiquei envergonhado e cortei a conversa.

Ela se levanta e entrega o bebê para a Ju amamentar.

Chegamos em casa no terceiro dia, fechamos a porta atrás de nós e de súbito nos sentimos irremediavelmente sozinhos, pensando em como faríamos para cuidar de um bebê, já que nenhum dos dois tem qualquer experiência nisso.

Saio para a padaria em busca de pão, frios e uma comida pronta para nosso almoço. A geladeira está vazia. Na volta, vejo na banca de jornal a capa aumentada da nova edição de uma revista de variedades com a seguinte manchete: "Surge o primeiro antídoto contra a falta de memória: o tratamento pode rejuvenescer em dezoito anos a capacidade de lembrar". Compro-a, com o fim de descobrir se a promessa é voltar a lembrar de coisas antigas ou rejuvenescer a capacidade de guardar memórias recentes.

Não chego a ler a reportagem, pois logo após o almoço nos entregamos à missão do primeiro banho. Assistimos duas vezes em meu celular, com pausas, ao vídeo do banho demonstrativo na maternidade, executado e narrado com proficiência por uma enfermeira. Demoro a encher a banheira, tentando encontrar a temperatura ideal. Ponho o avental, a Ju chega com nosso filho no colo, que parece tranquilo, e o deita na tampa da banheira. Tiramos o casaquinho, a calça, o body. Ele estica os membros, numa longa espreguiçada. Levanto-o enquanto minha esposa estende a toalha por baixo, e a seguir o enrolamos, como recomendado, prendendo os braços. Inclino-o para baixo, apoio a cabecinha na minha mão e tapo com o dedão e o indicador as orelhas dele, para não entrar água. A Ju molha um algodão para lavar o rosto, ensaboa e enxágua a cabeça. Fechamos o tampo, apoiamos o bebê para secar os poucos cabelos que tem, tiramos a fralda e então o mergulhamos na água. Ele parece gostar. Lavamos a barriga, os braços, as pernas, os pés. Quando o viro para lavar as costas, ele imediatamente se aconchega no meu antebraço, feito bicho-preguiça na árvore.

Depois dos primeiros e intensos cinco dias, volto ao trabalho. Na redação, todos me felicitam. A secretária me entrega um embrulho. Uma lembrancinha, diz. É uma luvinha de tricô, talvez feita por ela mesma. O gesto me comove.

No caminho de volta, o metrô está cheio e fico de pé. Puxo a manga da camisa para deixar o antebraço livre e o encosto na barra metálica, evitando segurar com a mão. Agora que tenho um filho pequeno, esse possível TOC nunca diagnosticado volta com força.

Pego o carro no estacionamento perto da nova estação. Dirijo pela avenida das Américas, passando pela churrascaria a que meu pai tanto gostava de ir. O letreiro está no chão e há um tapume na frente, talvez instalado nos últimos dias, indicando seu fechamento. Entro no shopping, compro flores para a Ju e dois combos do McDonald's — ela estava com desejo disso e pediu que eu levasse.

Esqueci a chave, tento tocar bem de leve a campainha, para não perturbar o bebê. A Ju abre a porta, dou um beijo demorado nela, entrego o buquê e deixo os pacotes pardos com nossos hambúrgueres e batatas fritas em cima da mesa. Levo o suporte com os dois refrigerantes para a cozinha, tinham vazado e eu precisava secá-los antes, para não molhar e sujar a toalha.

Ela diz que o bebê está no berço. Lavo bem as mãos e os pulsos, em seguida ainda passo álcool gel e entro no quarto escuro. Giro só um pouco o dímer, para a luz não ficar forte demais, e observo meu filho dormindo por trás da tela mosquiteiro. Lembro de súbito da tela que revestia todas as janelas do apartamento em que eu morava com a minha mãe — do meu quarto, por entre aqueles quadrados minúsculos, eu via o estacionamento do Carrefour se iluminar no crepúsculo — e de algo semelhante que cobria o corpo do meu pai, vestido e maquiado com exagero, dentro no caixão.

De um lado do bebê há um leãozinho comprido, que alguém dera de presente, e, do outro, uma almofada com desenhos de pássaros, escolhida pela Ju. Não sei se é impressão, mas parece já ter crescido alguma coisa. Penso em como vai ser a vida dele, se vai se lembrar de sua infância ou, como eu, esquecer boa parte dela. Já temos uma quantidade impressionante de fotos e vídeos, algo impensável antes da existência dos celulares. Será que vou saber narrar melhor a minha história para ele? Como vou contar a história dos meus pais, seus avós? E se um dia ele descobrir algo em minha vida que o desagrade? O que dirá sobre mim, se é que se dará ao trabalho de tentar articular algo a meu respeito? Anoto esses pensamentos no bloco de notas do celular. Pergunto-me se algum dia vou conseguir escrever esse livro, agora que, com um filho pequeno, o tempo para outras ocupações será cada vez mais escasso. Mas decido que sim: quero, de alguma maneira, escrevê-lo.

Nota e agradecimentos

Este romance faz referência ao conto “Cancún”, publicado em meu livro *Restinga* (Companhia das Letras, 2015), mas não depende de sua leitura.

Parte dele foi escrita em junho de 2018 na residência literária da Fondation Jan Michalski, em Montricher, Suíça. Agradeço a Jessica Villat e Guillaume Dollmann, coordenadores do programa, e aos outros *écrivains en résidence* Federica Chiocchetti, Paweł Goźliński e Frédéric Dumond, por terem, de diferentes maneiras, criado uma atmosfera tão agradável e propícia à escrita.

Obrigado também aos queridos amigos Antônio Xerxenesky, Livia Deorsola e Rafaela Biff Cera pela disponibilidade para ler os primeiros manuscritos e debatê-los em almoços, cafés e longas trocas de mensagem; ao Emilio Fraia, pela confiança, edição esmerada e pelas conversas ricas e inquietantes; à Marianna Teixeira Soares, pelo olhar generoso e efusivo; e sobretudo à Carolina Ribeiro, minha esposa, pela leitura, paciência, parceria, incentivo e sacrifícios feitos para que eu conseguisse escrever isto — sem você não teria sido possível.

ESTA OBRA FOI COMPOSTA EM ELECTRA PELO ACQUA ESTÚDIO E IMPRESSA
PELA GRÁFICA BARTIRA EM OFSETE SOBRE PAPEL PÓLEN SOFT DA SUZANO PAPEL E
CELULOSE PARA A EDITORA SCHWARCZ EM JULHO DE 2019

A marca FSC® é a garantia de que a madeira utilizada na fabricação do papel deste livro provém de florestas que foram gerenciadas de maneira ambientalmente correta, socialmente justa e economicamente viável, além de outras fontes de origem controlada.